光文社文庫

長編時代小説

刀と算《そろ》盤《ばん》

馬律流青春雙六

谷津矢車

光　文　社

目次

第一話　米が売れない！

遠くに物売りの声が聞こえる。

両国西河岸《りょうごくにしがし》、武家屋敷一帯。大身のお武家がおらず、役付は千代田の御城近くに屋敷を拝領されるため、この界隈《かいわい》の武家屋敷は一つ一つの区画が小さい。信介《しんすけ》は粗末な木戸の続く一角を歩きつつ辺りを見回す。

代わり映《ば》えのしない無表情な通りをしばらく歩いていると、やがて、あの時、あの男に言われた通りの光景が信介の目に飛び込んできた。木戸の脇にぶら下げられた道場にあるような看板には達者な筆で『馬律流《ばりつ》』と大書されている。普通、お役目のないお武家は拝領屋敷を潰《つぶ》して裏長屋とする場合も多いのだが、このお屋敷に限っては武家屋敷の体《てい》をとどめている。

手を掛けると、木戸の蝶番《ちょうつがい》から甲高い悲鳴が上がった。

「誰かいらっしゃいませぬか」

武家屋敷ゆえ、敬語で呼びかけた。信介の声は江戸の喧騒《けんそう》からは信じられぬほどに静かな庭に吸い込まれていった。

ほどなくして、母屋《おもや》の方から紺色の着流しを纏《まと》い武家髷《まげ》を結《ゆ》った青年が飛び出してきた。人のよさそうな笑みを浮かべ、重そうに大小を引きずる姿は武士らしからぬものだった。年の頃は二十歳《はたち》そこそこ、ここの若主人だろうか、と推量し、信介は気を引き締める。しかし、身なりも見たところでは粗末な木綿布で、ところどころ生地が薄くなって紗《しゃ》のように透けているところさえある。その姿を前にして緊張感を保つのは難しい。

信介の前に立つなり、若侍は信介の手を取った。

「ようこそ馬律流道場へ」

初対面の男にいきなり歓待されて茫然《ぼうぜん》としているうちに、彼がまくしたててきた。

「道場の入門希望でござろう」

信介の手を取った若侍は顔を紅潮させ、ほころばせている。

「安心なされ、最初は皆初心者。それに見たところ、あなたは町人でありましょうが、我が馬律流は武家以外にも門戸を開いておりますよ」

信介は表看板の『馬律流』の三文字を思い出した。

慌てて首を振ると、一瞬残念そうな表情を浮かべた若侍だったが、また満面に笑みを湛《たた》えた。気を取り直して、という表現がぴったりだ。

「では、長屋の入居希望でござるか」

「いや……」ようやく信介は口を開くことが叶《かな》った。「実は、唯力《ゆいりき》さんなる人にここに来るようにと……」

目の前の若侍は、なあんだ、とため息をついて信介から手を離した。

「唯力さんのお客さんでしたか。緊張して損しました」

さっきまでの武家口調よりも、今の砕けた口調の方がよほど板についている。

申し訳ねえ、と謝った。すると、目の前の青年は慌てた様子で手を振った。

「気にしないでください。こちらの都合ゆえ……。唯力さんはおります。ご案内しましょう。申し遅れました。拙者《せっしゃ》は当屋敷の主人、紗六新右衛門《しゃろくしんえもん》です」

武家じみた風のない紗六新右衛門なる若者に、なんとない好感を抱いた。

新右衛門の先導で、南と西面が道に面した屋敷地の中を案内される。古びた小さな母屋が敷地の真ん中に建っており、塀代わりの中間《ちゅうげん》長屋が道沿いに軒を連ねているものの、母屋はさておき南側の長屋にはあまり生活感がない。今は昼前、この時分ならば子供が駆け回り、女房衆が洗濯物に勤《いそ》しんでいるはずだ。単身者に長屋を貸しているとも考えられたが、それにしては長屋の前に荷物すら置いておらず、日向《ひなた》の物干し竿には何もかかっていない。それどころか木壁には穴が開き、今にも崩れ落ちそうな様を晒《さら》している。

信介の視線に気づいたのか、言い訳っぽく新右衛門は口を開いた。

「最近長屋を整理して、店子《たなこ》を集めているところなのです。されど、そうそう人は集まりませぬねえ。格安でお貸しするつもりなのですが」

「そんなにお安いんですかい」

「月に百文です」

「そりゃあ破格ですな」

日本橋《にほんばし》などの一等地と比べれば両国界隈の家賃は安めだ。それでもこの辺の相場は月二百文。相場の半分である。

「まったく人が来なくて困っているんですよ。最近になって長屋を貸し出すことに決めたのですが……」

お追従《ついしよう》で頷《うなず》いたものの、理由は明白だった。

普通、店賃《たなちん》を取って貸し出す長屋は、武家貸しであったとしても敷地すべてを長屋にしてしまい、屋敷の主人もその中で一番ましな部屋に住むというのが相場だ。この家のように、母屋をそのまま残したままで中間用の長屋を貸し出す形態は稀《まれ》だ。町人からすれば、武家屋敷と相対する形で住むのは気後れがするし、武家はたまにとんでもない無理難題を言い出すことがある。そんなこんなで人が寄り付かないのであろう。

母屋を横切り、西長屋へと向かった。南長屋とは打って変わった真新しい中間長屋の戸に沿って歩いていると、戸の前でもろ肌を脱いで木刀を振るう大男に行き当たった。

身の丈《たけ》六尺はあろうか。まるで寺の仁王様のように筋骨が張り、肌が赤銅《しゃくどう》色に染まっている。総髪に結う浪人なりで三十代に見えるその男は、一心不乱に丸太のような太さの木刀を振るっている。

「御精が出ますね、近藤《こんどう》殿」

新右衛門がそう声をかけると、大男は木刀を振るう手を止めた。

「当たり前ぞ。武芸者たるもの日々の鍛錬は欠かせぬ。そなたに借りを返さねばな！」

「はいはい、また今度にしましょうね」

「むむむ、そなたのそういうところが気に食わぬのだ！」

気色《けしき》ばむ浪人風の男を軽くあしらい、新右衛門は信介を誘《いざな》う。

「あの方は……？」

「あちらは近藤助次郎《すけじろう》殿。うちの店子です」

「なんだ、店子がいるんですかい」

「ええ、まあ……」

なぜか曖昧《あいまい》に新右衛門は頷いた。

さらにしばらく歩いていくと、長屋の前に縁台を出し、将棋に興《きよう》じる若い二人に行き当たった。一人はきらきらと光る藍の紬《つむぎ》を洒脱《しやだつ》に着崩し、本多《ほんだ》を少し変えた鯔背《いなせ》な髷を結っている。もう一人の方は実直を絵に描いたような男で、紺色の筒袖《つつそで》に筒袴《つつばかま》という、いかにも中間然とした格好をしている。それにしても、真っ昼間から縁台将棋とはいいご身分である。

「又三《またぞう》、何してるんだ！　お客さんを迎えるのはお前のお役目だろう」

筒袖の若者が新右衛門と信介の顔を交互に見て、将棋の駒をつまんだ手を胸の前でひらひら振った。

「いやあの、四平《しへい》殿が将棋をやろうぜ、と声をかけてきたもので」

その言《げん》に、将棋盤を挟んでいた洒脱な男が袖をからげて凄んだ。

「おいおい、そりゃあ聞き捨てならねえぞ。お前が将棋を教わりたいって言うもんだから飛車角香車落《きようしや》ちで指南してやってるってェのによ」

「しーっ！　しーっ！」

指を唇の前で立てる又三なる青年は、新右衛門の肩から立ち上る殺気に気づいたのか、いよいよ顔を蒼《あお》くしている。

新右衛門は静かに言い放った。しかし、それだけに怖い。

「又三、今すぐ道場の水拭きを五回、やってくれ」

「え、五回……？　それって掃除の意味が」

「黙ってやるんだ」

縁台からやおら立ち上がった又三は、俊敏な足取りで母屋の方へと消えた。

まったく……。とため息をつく横で、へへ、と四平と呼ばれていた青年が笑う。

「人使いが荒いなあ」

「以前の又三はもっときびきびと働いていたのに、あなたがたがやってきてから腑抜《ふぬ》けてしまったんですよ。困っているんですからね」

「ああそうかいそうかい。ま、いいことだと思うぜ」将棋の駒を一つ手に取った四平は、ぴしゃりと盤に張った。「遊びを知らねえ大人なんてェのは脆《もろ》いもんさ。やるせねえこと、どうしようもねえことでうじうじ悩んで、心を病んじまうからね」

「あなたが遊びすぎなんです」

「はは、ちげえねえ。……おっと、王手か」

四平なる男は既に新右衛門たちに興味を失《な》くしたらしく、盤面に目を移してしまった。

一方の新右衛門もこれ以上話すことはないと見え、止まっていた足をまた振り出した。

この武家屋敷には何人か住人がいるらしい。そんなことに信介がようやく気づいた頃、新右衛門はある長屋の前で足を止めた。

さっきまで見てきた中間長屋と変わらない。生活感のないところまでまったく一緒だ。ただ一つ違うのは、戸の横に『唯力舎《ゆいりきしや》』と貼り紙がなされ、戸の障子紙には大きく丸に「唯」の字が書かれていることだろうか。

「唯力さん、いますか。お客さんです」

外から新右衛門が呼びかける。すると、中から声がした。

「お入りくださいな」

新右衛門が戸を開くと、長屋の中が露《あら》わになる。

板敷きの一間《ひとま》。ここで起居しているわけではないらしく、蒲団《ふとん》や枕などの寝具は見当たらない。八畳ほどの板の間の真ん中、天井に届きそうなほどの本の山に押し潰されそうになりながら、紙燭《しそく》の明かりを頼りに本に目を通す一人の男の姿があった。

年の頃は二十歳そこそこ。真っ黒な着流しに総髪。禁色《きんじき》の柄糸《つかいと》を巻いた朱鞘《しゆざや》の脇差《わきざし》を赤い角帯に差したままでいるそのお武家は、本を文机《ふづくえ》に伏せてこちらに微笑《ほほえ》みかけてきた。どこかひょうひょうとしており、醸《かも》す風情は一陣の風を思わせる。

「ようこそ、唯力舎に。私は唯力舎の主人、一瀬《いちのせ》唯力です。……おや」唯力と名乗ったお武家は信介の顔を見るや目をしばたたかせた。「数日前にお会いしてますね。確か、百《ひゃっ》本杭《ぽんぐい》のところで釣りをしておられた……」

「覚えてるのかい」

驚きを隠せないでいると、唯力は楽しげに笑った。

「はは、当たり前ですよ。商いの基本《いろは》は相手の顔を忘れないことですから。商い指南を生《なり》業《わい》にする人間のくせに基本がなってないんじゃ、示しがつきません」

笑う唯力を見据えながら、信介はこの男に頼っていいものか、未だに逡巡《しゅんじゅん》している。けれど、尻に火もついている。藁《わら》にもすがりたい気分には違いがなかった。

「助けてほしいんでさあ」

「ええ、もちろん。で、唯力舎はいったい何をすればよろしいのですかね」

新右衛門とは別の意味で武家らしからぬ口調にほだされるように、信介は己の苦衷を述べ始めた。ふと信介は、数日前、唯力と初めて出会った日のことを思い出していた。

○

一本ものの安竿を振り、杭の辺りに糸を垂らす。ちゃぽん、と音を立て、赤く塗られた浮《うき》が水面《みなも》に落ちた。狙いから少し外れたものの、気づかなかったことにする。

朝の両国橋には靄《もや》がかかり、人の姿もまばらだ。遠く、雲の上に浮かんでいるようにさえ見える橋の上には、向こう岸から渡ってくる人の姿がある。回向院《えこういん》前の岡場所《おかばしょ》で夜通し遊んできた者たちの朝帰りだろう。世の中には羨《うらや》ましい身分の奴がいるもんだと独り言《ひとりご》ちながら、竿先の動きを注視する。

今日はまるでかからない。竿を振って何度か浮を元の位置に戻したものの、食いつく様子がない。

仕掛けを手元に引き戻す。針先には米粒をつけているのだが、昨今の鯉《こい》は随分と美食家らしい。針から外した米粒を口に含み、代わりにミミズを針先につけて、また杭に向かって投げた。

信介がそうやって悪戦苦闘していると、その背中に声が浴びせられた。

「朝っぱらから小遣《こづか》い稼ぎかよ。ご苦労なこったな」

振り返ると、一人の男が立っていた。豪奢《ごうしゃ》な虎の刺繍《ししゅう》の入った着流しを纏い、長脇差《ながどす》を差すといういかつい なりをしているが、昔からこの男を知っている信介からすれば、そのいかにも博徒《ばくと》然とした格好も、どこか滑稽《こっけい》なものに映ってしょうがない。信介と同い年だから今年で三十のはずだ。

信介はため息をついた。

「まあねえ、嬶《かかあ》と子供を食わせなくちゃならねえし」

「それで鯉釣りか。大変なこった」

皮肉っぽく、幼馴染《おさななじみ》——鉄《てつ》は言った。

両国の百本杭。両国西河岸沿いにある杭のことだ。この辺りの隅田《すみだ》川は水量が多く、また大きく湾曲している関係もあって、川岸から三間《げん》ほどのところに杭の防護壁が並んでいる。おかげで一帯の西岸は浅くなっており、鯉や鯔《ぼら》などが居つく格好の〝漁場〟となっている。さらに、この界隈は江戸前の魚が届きにくいこともあって、鯉の洗いを出して代わりにしている店も多いため、鯉を釣り上げた後、しかるべきところに売れば一匹いくらの商売になる、という寸法なのである。昔は食い詰めた町人たちの仕事だったが、最近では刀を差さず、頭にほっかむりをした貧乏武士などもこの内職に精を出しているという。

「難儀だねえ、と紙を丸めるように顔をくしゃくしゃにして、鉄は笑った。

「今時、どこも景気のいい話しかねえってのに、おめえは本当にしみったれてるぜ」

景気がいい、と言われ出したのは何年前のことだろう。

田沼意次《たぬまおきつぐ》公が老中に登ってからだろうか。この田沼公というのがやり手らしく、これまで商人《あきんど》をがんじがらめに縛っていたしきたりやら旧例を取り払い、随意に商売ができるよう取り計らったらしい。ここ数年で分限者《ぶげんしゃ》に成り上がった商人も多い。かくして、一攫千金の夢を胸に江戸の地を踏む者が後を絶たない。

とは申せ、成功しているのはごくごく一部。少なくとも、好景気の実感は小商《こあきな》いの信介にまでは到底降りてこない。唯一恩恵があるとすれば、鯉の買い取り料がわずかに値上がりしていることくらいだろうか。

ふん、と鉄は鼻を鳴らした。

「じゃあ、おめえもこっちに来ねえかい」

「馬鹿言うなよ。やくざなんて御免だよ」

「気楽な稼業だぜ？　博打《ばくち》好きをカモにして金を巻き上げるだけの仕事だからな」

もしかしたら今の境遇より多少ましかもしれない、と思わぬことはなかったが、堅気の道からは離れたくない。浮に目を戻し、わざとそっけなく答えた。

「悪いけど、俺はやくざにはならねえ」

「そうかい。実は今、ちょいと人手が足りなくてよ。おめえが来てくれれば、俺の右腕にしてやろうと思ってたんだけどよ」

「嬶子供がいるんだ。そうはいかねえよ」

「そうかい、じゃあな」

特に気分を害した様子もなく、右手をひらひらと振って鉄は去っていった。ひょこひょことといった体で歩く鉄の左足は心棒が入っているかのように曲がることはない。怪我の後遺症だ。かつて堅気の職人、しかも花形の鳶《とび》であった頃、足場から落ちて怪我をして左足が動かなくなった。片足では鳶はできない。鉄は鳶の道をすっぱり諦め、色んな職を転々として、最後には今の稼業に行きついた。

最近はいい噂を聞かなくなった。博打打ちの懐《ふところ》のものを巻き上げるならまだしも、堅気の人間にも迷惑を掛け始めているという。だが、今でも幼馴染の自分に対してだけは、あの頃のままの笑みを振り向けてくる。長屋の連中が鉄のことを悪く言うたびに心が痛む。

そうやって物思いに沈んでいると、竿先が急に大きくしなった。

引いている。

浮が水の中に沈み込んでいる。水面を見れば、三尺はありそうな魚影が見える。

来た来た！　勇んで竿を強く握る。

だが――。強い引きに、釣り糸が耐えられなかった。音もなく糸が切れると、竿先が中空で跳ね回り、仕掛けは糸ごと川の底へと沈んでいった。

どうやら今日はつくづくついていないらしい。

竿を戻し、仕掛けを釣り糸に結び直す。そうしてしばし麻糸や不格好な針と格闘してい

ると、

「もし」

と、呼びかけられた。

今日はやけに話しかけられる、と独り言ちながら顔を上げると、そこには、一人のお武家が立っていた。

黒い着流しを見た時、思わず身構えた。黒の着物といえば奉行所同心だ。悪いことはしていないが、泣く子も黙る江戸町奉行所の同心様となれば痛くない肚《はら》も多少は疼《うず》く。だが、見たところ着物には紋所がない。同心の証《あかし》である十手は見当たらないし、同心のように一刀差しではなく、立派な禁色の巻柄《まきづか》に朱鞘の大小二本差しだ。年の頃は二十を少し出たところだろうか。月代《さかやき》を剃っていないところを見ると浪人とも思えたが、その割には身なりが小綺麗だった。

「へえ、お武家さん、なんでしょうかね」

一応へりくだっておく。

そのお武家はにこりと笑った。武家らしからぬ表情の作り方だった。

「いえ、何か物憂げなご様子だったので。何かあったのかと思いまして」

余計なお節介《せつかい》か。信介は、心中の不快を抑えて、丁寧な口調に終始した。

「いえ、なんにもありゃしませんよ。まあ、あるとすれば鯉に逃げられちまったくらいですかね」

「おや、花魁《おいらん》にでも振られちゃいましたか」

「そっちの〝こい〟じゃありませんよ」

糸や針と格闘している人間の言う〝こい〟が色恋のわけがない。

「魚を釣ろうってえのに、くちゃくちゃ喋《しゃべ》っていたんじゃあ、魚が来なくなっちまうんでさ。もし話したいことがないなら、もうそろそろ……」

これまでのやり取りで、男の性向が分かってきた。それだけに少し強気に言ってやった。

やはり目の前のお武家に気分を害した様子もない。

「ああ、魚釣りでしたか。そいつは失礼をば」

竿を持っているのに釣りをしているように見えないとは、この男の目は節穴なんじゃああるまいか。そう思わぬことはなかった。

だが、ふいにそのお武家は、総髪に結った頭を掻《か》き、少し困ったような顔をしながら切り出した。

「もしかして、お金に困っておいでなのですかね」

「……なんでそう思うんですかい」

お武家は信介の釣り道具を指した。

「その針、手作りですよね。今や釣り具といえばこの辺りの店でも売っています。あえて手作りをする理由といえば、釣り具まで手作りにこだわる趣味の方というのも考えられますけど、不格好な針を見れば、その線は消えます」

「悪うございましたね、不格好で」

信介の手の中にある針は、縫い針を少しずつ曲げた手製のものだ。返しもない素朴な作り、悪く言えば粗末なものだ。

目の前のお武家は日の光の反射する川面《かわも》に涼しげな目を向けた。

「ってことは、生活のために魚を釣っているってことになりますが、それを本職にしている人ではありえません。本職の人は、いくら高価であっても仕事道具を吝嗇《けち》るなんてことはありませんから。したがって、趣味でも本業でもなく、副業としてやっていることになる」

悔しいが、すべて当たっている。

そんなことを言い当てて何をするつもりなのだろう。怪訝《けげん》に思っていると、その男は懐から一枚の紙を取り出して差し出してきた。

一色刷りの引き札であった。普通引き札といえば絵が配されていたり、多色刷りにしたりして客の目を引くように作るのが相場だが、目の前のそれは武骨一色であった。大きな文字で『店ノ経営御手伝スル者也』と書いてあり、余白に細かい字で説明が書いてある。

「実は私、商家の経営のお手伝いをしているのです」

「お手伝い？　モノを運んだりしてくれるのかい」

「そうじゃなくて、うまくいっていない商家の金遣いを洗い出して、ここを減らせば黒字になる、とか、新しい商売の形を提案したり……。そういう案出しをする稼業です」

「そんな稼業があるんですかい」

「たぶん、私が本邦初かと思いますよ。とにかくそんなわけで、もしお店のやりくりにお困りでしたら私のところまで来てください。引き札に住所が書いてあります。唯力の名を出していただければ案内していただけると思いますので」

そう言うや、唯力と名乗るお武家は踵《きびす》を返し、朝靄残る両国の町に消えた。

一人残された信介は、引き札に目を落とした。その中には、経営が黒字になった時から一年間、儲《もう》けの一割を報酬として払っていただけるようであれば働く旨《むね》の記載があった。

胡散臭《うさんくさ》い。

信介は引き札をくしゃくしゃに丸め、水面に投げようとした。けれど、ややあって、丸めた紙を伸ばし、懐に仕舞い直した。

○

「ふむふむ、なるほど。それで唯力舎に来てくださったのですか」

長屋の真ん中で頷く唯力は、前に座る信介を見据えた。その意志の強そうな目は暗い長屋の中でもらんらんと光っている。

入口の戸近くに立っている新右衛門が、声を上げた。

「信介さん、でしたよね。ところで信介さんは何を本業にしておられるんですか」

「あ、ああ……。米屋だよ」

唯力がずいと役者のように白い顔を寄せてきた。

「もっと詳しくお願いします。どこでやっているのか。卸《おろし》か小売か、家族の頭数もお願いします」

「な、なんでそこまで」

「あとでお話ししますが、重要なことなんです」

強く言われてしまっては、信介も頷くしかなかった。正直に、喋れることをすべて話す。

「うちは小売でさあ。付き合いのある卸は両国西河岸の津森屋《つもりや》さん。うちは両国西で裏店《うらだな》を開いてまさ。あとは、嫁に子一人の三人家族」

「米以外に商っているものは」

「特に何も」

「なるほど。よおく分かりました」

短く息をついた唯力は文机の脇に置かれていた筆箱を開き、反古紙《ほごがみ》をひっくり返して手前に置くや、面相筆《めんそうふで》をその上に遊ばせ始めた。いつの間にかそろばんまで持ち出し、右手で筆を動かし、左手でちゃかちゃかとそろばんを鳴らしている。商人の端くれである信介から見ても、唯力のそろばん捌《さば》きは惚《ほ》れ惚《ぼ》れする手並みだった。いつの間にか反古紙は文字と数字で真っ黒になっている。

しばらくして筆を止めると、唯力は顔を上げた。

「四十軒」

「へっ？」

「信介さん一家が米の小売だけで食べていくのに必要なお客さんの数です」

江戸が武家町であり、米の集まりやすい地域のため、どこの米問屋もそう卸値は変わらない。卸値が変わらなければ、売値もあまり変わらないはず。ある程度の概算はたやすい。そう唯力はうそぶいた。

「ちょっと待ってくれい。卸値が変わらないのは分かるけど、なんで売値も変わらないんだよ。中には安売りをする店も出てくるだろうし、逆にぼったくる店もあるだろうに」

「確かに。安売りを仕掛ける店も、ぼったくる店もあるでしょう。けれどそういう店は長く商売はできません」唯力はまるでそこに紙があるかのように筆を中空で振るった。「卸値が変わらぬ中で安売りをするということは、小売の儲けを削ることになります。それではいつか値上げをしなくてはなりません。突っぱねて安売りし続ければ、いつかは首をくくる羽目になりますから。逆もまたしかり。高くものを売れば確かに儲かりますが、今度はお客さんが安い店に流れて行ってしまいます。その結果、高い価をつけている店も値段を安くするか、それとも廃業するまで突っ張るか、どちらかになるって寸法です。かくして江戸の町には横並びの米屋さんが溢《あふ》れることになります」

なるほど。言われてみればそうだ。信介は手を打った。

「米屋さんに必要な費えは、店賃と米の卸の費用、家族を食わす生活費の三つです。店賃と卸はさておくとしても、生活費に関しては家族が多ければ多いほど増大します。一人暮らしの人なら、三十軒あまりお客さんがいれば商売が成り立ちますが、家族が多いほど、大変になるってことです」

「嫁に三下《みくだ》り半《はん》を書けって言うんですかい」

「話を急《せ》いちゃいけません。あくまで今は、前提となる条件についてお話ししているんですからね。で、ここからが大事なのですが――。信介さん。あなたの米屋、お客さんは月に何人くらいついているんですか」

「そ、そうだなあ……」

大福帳といつもやってくる客の顔を思い浮かべ、指折り数えた。

「大体、三十軒、ってところじゃないだろうかね」

「赤字になるわけです。どんなに切り詰めても厳しいでしょう。で、鯉釣りでは月にどれくらい取り戻せているんですか」

「おおむね、五百文ってところですかね。朝だけしかやってねえから」

「おお、結構釣っておいでですね。一匹あたり三十文が下取り価格の相場だったはずですから。……でも、それでも赤字を埋めるほどではない、ってことですね」

唯力がわずかに声音《こわね》を低くすると、後ろに立っていた新右衛門が割って入った。

「お客さんを増やすべきなんでしょうかね」

「いえ。下策《げさく》ですね」唯力はすっぱり切り捨てた。「さっきもお話ししたと思いますが、米は卸値がどこも同じくらいですし、売値は儲けと安値の均衡を取っています。高くしても安くしても、米屋さんにとっては損になるでしょう」

「じゃあ、どうしたらいいんですか」

少し気色《けしき》ばんだ新右衛門と気分は同じだった。米の小売という商売が元々儲からない、と目の前の男は言っているのだ。

「何、簡単です。副業を伸ばしていくしかないでしょう。例えば……。信介さん、鯉釣りの時間をもっと増やすことはできませんか。朝だけではなくて、昼間も鯉釣りをして、店はお内儀に任せる……とか。そうすれば、鯉の売り上げが伸びて、結果黒字に持っていくことができる。どうでしょう」

「無理ですねえ」

これだから素人《しろうと》は。反感を覚えつつ信介は即答した。

「なぜです？」

「米屋ってェのは男手が要るんでさあ。重いもんを商いますからねェ」

商っているものが米なのだ。精米作業である米搗《こめつ》きをしなければならないが、これはかなりの重労働だ。場合によれば、近所の婆さんの家に米を運ぶことだってある。女手一つでは辛《つら》いし、そもそもまだ子供が小さくて手が離せない。嬶一人に店を任せるのは無謀だ。

「なるほど。そりゃそうですね」唯力は顎《あご》に手をやった。「では、他の策を考えましょう。今、三十軒が客としてついている。なら、やりようはいくらでもありますよ」

「客を呼び込む手があるってのかい」

「いえいえ、お客さんに店でたくさんお金を使ってもらう方策を考えればいいんですよ」

「どういうこったい？」

「米だけではなく、他のものも商うんですよ。特に、お米と合わせて買いたいようなものをね」

話が飛んで要領が摑《つか》めずにいる信介を尻目に、すくりと立ち上がった唯力は壁際に積まれた本の山から一冊の帳面を抜き出した。その表紙には手書きで「卸総覧」と書いてある。その頁《ページ》を素早くめくる唯力は、あるところで手を止めて信介に示した。

「例えば、このお店のこれとかどうでしょう」

書かれていたのは、浅草《あさくさ》で開業している海苔《のり》の佃煮《つくだに》屋の品であった。佃煮の値が松竹梅の品質ごとに書いてある。

「この帳面に書いてあるのは卸値です。なので、信介さんの方で利益を上乗せしてください。米と並んで佃煮を売る。そうすれば、少しでもお金は儲かると思いますよ」

悪くない策だ。だが、疑問もある。

「もし売れなかったらどうする？　そうしたら、卸値だけが負担になっちまう」

「世の中には失敗する恐れのない商売なんてありゃしませんからねえ。まずは信介さんの家で食べ切れるくらいの量を卸してもらいましょう。そうすれば、売れなくても食費として精算することができますから。しばらくは魚を諦めてもらって佃煮を舐《な》めてください。もし成功したら儲けもの、どんどん仕入れる量を増やせばいい」

「そんなこと、できるんですかい」

「ええ。あそこの佃煮屋さんは私の知り合いなもので、それくらいの口利《くちき》きはどうとでもなりますよ」

唯力の言は力強い。しかし、それゆえに疑問も湧く。

「けど、まだ、あんたのことが信じられないんでさあ。だって、唯力舎への払いは後払いでいいんでしょう？　何か裏があるようにしか思えないんでさあ」

唯力は少しの間だけ思案するような表情を浮かべたものの、やがてお日様のように柔らかな笑みを浮かべた。

「他人の商いに口を出すのが大好きなんですよ。いわば趣味みたいなものです。ほら、よくいるでしょう、頼まれもしないのに、縁台将棋の筋に高説を垂れる爺さん。あれみたいなものなので、あんまり気にしないでください。もし私の提案がうまくいかなかったら、そのまま私のことは忘れていただいて結構です。また、今日のご説明でご納得いただけなければ、このままお帰りいただいても結構です。ただ、もし、やる、ということであれば、この唯力、必ずやあなたのお力になりましょう」

尻からやる気が抜けそうになるような言葉だ。

だが、不思議と信介の魂に迫る。

今を変えるつもりなら、お前から変われ。

崖っぷちでそう宣告されているように思えて仕方がなかった。目の前に立つ唯力は胡散臭い笑みを浮かべ、両手を広げて待っている。目の前の男の目的はさっぱり分からないが、この男の懐から離れてしまえば、やがて崖から足を滑らせて下に真っ逆さまだ。あとは、それが早いか遅いか。それだけだ。

信介は覚悟を決めた。頬を何度か叩き、頷く。

「やってみましょう。おっしゃる通り、まずは少しだけ卸してくれると助かりまさあ」

「分かりました」

陰のない微笑を浮かべた唯力であったが、ふいに顔を曇らせた。まるで役者のように細い指を一本立てて、顎の下に添わせる。

「……あと、一点だけ、お伝えしなくてはならないことがあります」

「な、なんだい」

唯力は吸い込まれそうになるほどに黒い瞳を信介に向けた。

「佃煮を商い始めると、随分楽になると思います。短い目で見れば黒字に転じると思いますよ。けれど、あくまで一時のことと思ってください。これは完全な解決策じゃありません。私程度が思いつくことは、江戸の誰かがどこかでやっていることとお考えください。たぶんすぐに行き詰まることでしょう。そうですね、おおむね一月《ひとつき》もすれば、売り上げが落ち着くんじゃないでしょうか」

「じゃあ、この策は」

「その場しのぎです。なので、一緒に次の手を考えましょう。とりあえず、佃煮の販売がうまくいってから、ね」

それでこの日の話は終わった。

唯力に言われるがまま、託してくれた書付《かきつけ》を浅草の佃煮屋へと持っていくと、『へえ、あの唯力さんのご紹介なら間違いあるめえな』とわずかばかりの海苔の佃煮を卸してくれた。

こんなもので、楽になるのかねえ。

小さな壺の中に入った佃煮を見下ろしながら、信介は狐につままれたような思いでいた。

店の、帳場とは名ばかりの作業机の上で帳面を書き入れていると、表にいる嬶が金切り声を上げた。

「あんた、また佃煮が足りないよ！　早く浅草まで走ってくんな」

「ちょいと待ってくれ。午後には取りに行く約束になってるんだから」

「んじゃあ、今度は売り切れにならないように仕入れておくれ」

売れ行きのほどは何より帳簿が物語っている。

最初は売れなかった。しかし、二日目には一人が買い、三日目には二人が……、と少しずつ動くようになり、今では米を買いに来る客のほとんどが佃煮を求めていく。海苔の佃煮を置くようになってから十日あまり。客足が明らかにいい。見慣れない客もちらほら見られる。このままの調子で売れてくれれば、米を買う客も四十軒を超えそうだ。

こんなに商いは簡単だったのか、そう独り言ちた。

信介は帳簿を閉じて立ち上がる。そして、表で客あしらいをしている嬶に、

「浅草に行ってくらあ」

と声をかけ、町へと出た。

外は明るい。十日前まではどんなに晴れた日でも心までは晴れなかった。じりじりと尻に火がついているような心地がして心が休まることがなかったのだ。だが、ああして店が活況になってみると、これまで塞《ふさ》ぎ込んでいたのが嘘みたいだ。

浅草に行ったついでにどこかで軽く飯でも食ってくるか。そう算段しながら裏路地を歩いている信介は、ふと小商いの店先に目を向けた。

思わず、信介は目をこすった。だが、見間違いではなかった。

「おいおいおいおいおい！」

裏路地の米屋に思わず怒鳴り込んだ。すると、店先にいた五十がらみの主人が怪訝な顔を浮かべて信介を見返した。

「へえ、なんです。米ですかい」

粗末ななりをした主人が揉《も》み手で現れたところ、信介が怒鳴る。

「俺ァ両国西河岸の米屋の信介ってもんだが」

「なんだ、同業かね」米屋の主人はつまらなそうにため息をついて、框《かまち》に腰を掛けた。

「で、なんの用だい。米ならあんたのところも売るほどあるだろうによ」

「これはなんだい」

信介が指したのは、米俵の横に置かれた小さな壺だった。直径二寸ほどのそれは蓋《ふた》がされ、縄で厳重に縛ってある。

「味噌だよ。米だけじゃなかなか売れないもんでね」

「俺んところと同じ商法をやってるたあ太《ふて》え野郎だ。どういうこったよ。これァ俺が考えたんだぞ」

　本当のところ、売り方を考えたのは唯力だが、そこはあえて目をつぶる。

　米屋の主人は顔をしかめ、何言ってるんだい、と吐き捨てた。

「これァあたしが考えたんだよ。米だけじゃ売れないから、他のもんも商おうと思ってね。あんたはどうやらあたしが真似《まね》したように思ってるみたいだが、かれこれこいつァ一月前から始めてるんだよ」

「はあ？　怪しいもんだな、てめえみたいなすっとこどっこいにこんな名案が浮かぶなんて思えねえ」

「なんだとこの野郎、言わせておけば」

「やるのか、あァ？　こちとら気が立ってるんでぃ、年寄一人いたぶるなんざ楽なもんだ」

　立ち上がった米屋の主人は腰を拳骨で叩いたのち、声を上げて笑った。

「あんた、いつからあたしが一人だって思ったね」

　ふんと鼻を鳴らした主人は振り返った。その視線の先には、年の頃二十ほどの、でっぷりとした大男がねじり鉢巻きに諸肌《もろはだ》脱いだ姿で米俵を二つ、軽々と持ち上げていた。

「親父、どうした、客か」

「いや、同業が因縁をつけてきやがったんだよ」

米俵を地面に置いた息子は、丸太のような肩をいからせ、指をごきごきと鳴らして信介に迫ってくる。最初は拳を自分の掌《てのひら》にぶつけて威嚇《いかく》していたものの、上背が頭二つ分違う相手に、握った手の内はじっとりと嫌な汗をかいている。

「おい」

息子の低い声に、思わず背中がびくついた。

「よくぞまあ、親父を困らせてくれたな。町一番の孝行息子って言われてないこともない俺が、心行くまで相手してやらあ」

「え、あの、いや、え……。ぎゃあ！」

信介は店の奥に引きずり込まれた。

「ははあ、なるほど。それでここまでお越しになった、と、こういうわけですね」

のんきな唯力の声が、長屋の中で反響した。

まじまじと信介の顔を見やり、唯力は眉をひそめる。そんな唯力のことを横に座っている新右衛門がたしなめた。

「なんでそんなに落ち着いていられるんですか、唯力さん！　――あ、信介さん、今、母屋に手当の道具を取りに行かせてますのでご安心くださいね」

米屋の息子に引きずり込まれた後に待っていたのは、殴る蹴るの制裁だった。手心を加えられていたようだから骨は折れていないまでも、体中がぎしぎしと悲鳴を上げている。顔は切り傷があるようでひりひりとするし、鼻血が止まらない。

しばらくすると、先に出会った又三なる青年が手ぬぐいと焼酎の徳利《とっくり》、晒しなどを持ってきた。焼酎の蓋を開け、手ぬぐいに焼酎をひたひたになるまでかけると、又三はそれを信介の顔にこすりつけた。酒精の香りが鼻をくすぐる。しかしそんなことより激痛が顔じゅうに走る。

「痛い、痛い！」

思わず身をよじらせるのを、唯力のものでも新右衛門のものでもない声が押し止《とど》める。又三の声だろう。

「しみるかもしれませんが、我慢してくだされ。これをするとしないでは傷の治りが違いまする。これをしておくと、膿《うみ》もできづらいのです」

「ほ、本当だろうな」

「一応、馬律流にはそういう伝があります」

胡散臭いことこの上ないが、信介はこの連中に頼るしかない我が身のむなしさを呪うしかなかった。

ようやく顔拭きが終わってひりひりする顔を晒したまま、信介は目の前の唯力を睨《にら》んだ。

「ひどいじゃないですかい。あんたが言っていた策、もう既にやっている人がいるじゃありませんか」

「おや、何がひどいんです。最初からそう伝えておいたはずですよ」

すっとんきょうな声を上げてしまった信介の前で、唯力は歌うように続けた。

「お忘れですか。米と海苔の佃煮を併せて売るというのは、特段に珍しい策ではありませんし、江戸のどこかで同じようなことをやっている人がいるだろう、とはご説明したはずですが」

言われたような気もする。その上で目の前の男は確か――。

唯力は満面に笑みを湛《たた》えたまま、続ける。

「あくまでこれは問題の先送り。ゆえに、新しい策を一緒に考えましょう、と申し上げました。今日はそのおつもりでここにお越しなんでしょう」

そう言われてしまうと、意気がしぼんでいく。

沈み込んだ気の漂う長屋の中に、筋骨隆々の大男――近藤と、洒脱ななりの男――四平が慌ただしく雪崩《なだ》れ込んできた。二人の内の一人、近藤はなぜか楽しげに信介の肩を叩いてきた。元々強力《ごうりき》である上に、怪我をしているものだからひどく痛い。

「手ひどくやられたな。これは可哀そうに」

「そんなこたァ、これっぽっちも思ってないよな」

四平の茶々入れになど構いもせず、近藤は袖をからげてその鍛え上げられた力こぶを見せつけてくる。

「どうだ、もし金さえ払ってくれれば、拙者が仇《かたき》を討ってやろうぞ。四分一《しぶいち》殺しなら百文、半殺しなら四百文だ」

「近藤さん！」新右衛門が割って入る。「なんですか、四分一殺しって。それに、うちでそういうえげつない商売をするのは止《や》めてもらえませんか」

ぴしゃりと言い放った新右衛門は、信介に憂いを秘めた顔を向けた。

「けれど、どうしたもんか……、ですねえ」

腕を組んで考え込んだ新右衛門だったが、そう簡単に答えは出ないらしい。難しげに顔をしかめ、一点を見据えているばかりだった。

「あ、いい策があるぜ」

声を上げたのは四平だった。

「へ？　なんです、策って？」

「聞いて驚け。子供を郭《くるわ》に売る……」

「却下」新右衛門は言い放った。「そもそも、信介さんの所のお子さんは男の子でした、よね」

思わずくいくいと頷く信介であったが、それにかぶせるように四平は続けた。

「分かってねえなあ。男は陰間《かげま》茶屋に売れれば高く売れるぜェ……？」

陰間茶屋とは男娼の郭のことだ。

な、何を言ってるんだこいつは……。思えば、洒脱な格好に身を包む四平からは、なんとなく悪所の香りがする。

「とりあえず、四平さんも黙っていてくださいね」

新右衛門はぴしゃりと言い放った。そこに割って入ったのは、さっきまで顎に手をやっていた唯力であった。

「いえ、陰間はさておくとして、お子さんを奉公に出すのも一つの考え方かもしれませんねえ。そうすれば口が一つ減るわけですから」

信介は腹立ちまぎれに首を横に振った。

「そんなことできるわけないでしょうが。まだ子供は三歳なんだぞ」

「いえいえ、三歳でも出そうと思えばいくらでも口はありますよ」

「そんなこと、分かってらあ。でも子供と嬶は手放したくねえ」

口に出して初めて、己の奥底にそんな思いがあったことに気づいた。四歳で丁稚《でっち》に出され、家族と離れ離れになったまま十五で奉公先から放逐されて今ここに至っている経歴のなせる業だろう。丁稚先の商家では、主人だけが家族を持っていた。笑い合いながら食膳を囲む主人一家の様子を横目に小さな鰯《いわし》で飯をかっ込んでいた信介は、もし奉公に出されていなければああしてみんなで飯を食えたのだろうかと自問自答して茫然とした。大人になって、曲がりなりにもようやくそんな生活ができるようになったのだ。

あの思いを子供にはさせたくない。

唯力は小さく頷いた。分かってます、と言わんばかりに。

「いえ、念のための確認です。もしあなたが子供を手放すことになんの痛痒《つうよう》も感じない人であれば、奉公先を探すのもやぶさかでなかったというだけの話です。結局、商いは己の幸せのためのものであって、不幸になってまでやるものじゃありませんから。あなたにとって家族が譲れないものだというのは分かりましたから、他の方策を考えましょう」

摑みどころのない奴だと思っていたが――。信介は目の前の男への評を改めた。

と、目の前の唯力は、顎を撫でて、信介を見やった。

「商売の極意はずばり、〝自分にしかできないもの〟を見つけることなんですよね。それさえ見つかれば、いくらでも儲かる仕組みなんですが……」

「〝自分にしかできないもの〟？　それァ一体……？」

「誰でもできる商いというのは、いつか誰かに真似されるんですよ。米を売る、なんていうのはまさにそれです。米問屋から米を卸して商売を始めるだけですからね。抜きん出るためには、あなたならではの個性が要るんです」

とはいっても、というのが信介の本音だった。

信介が米屋を選んで商いを始めたのは、己に何の取り柄もなかったからに他ならない。丁稚奉公の頃にわずかに覚えた帳簿付けを生かせる仕事で、かつ粗忽者《そこつもの》でもできる仕事といえば……。米屋くらいしか思いつかなかった。

平凡であるがゆえに米屋を選んだのに、唯力の言葉は「非凡になれ」と言っているに等しい。

反感を覚えていると、目の前の唯力はこちらの考えを見透かすように笑いかけてきた。

「はは、お困りみたいですねえ。でも大丈夫ですよ。そう難しいことじゃないんです。あなたにしかできないことっていうのは、あなたをあなたたらしめるもの、そういうものだと思っていただければ」

なんとも要領を得ない話だ。

継ぎ早に問いを重ねた。

「鯉釣りって、何か他の釣りと違う道具を使うんですか」

「いや。むしろ、鯉釣りは道具を選ばないんでさ。浮すら要らないくらいで、丈夫な竿と針があればいくらでも釣れますよ」

道具を選ぶ釣りといえば箆鮒《へらぶな》釣りであろうが、あんな御大尽《おだいじん》の遊び、信介には縁のないものだ。心中で毒づいていると、新右衛門は水面を眺めながら続ける。

「ってことは、その竿は」

「先が曲がっちまった竹箒《たけぼうき》を使っただけでさ」

「なるほど、道具を選ばないのは本当のことみたいですね」

興味深そうに竿先を眺める新右衛門は、次いで、信介の懐の辺りに目を向けた。

「餌は何を使うんですか」

「なんでそんなことをお聞きになられるんで」

「いや、道具を選ばない、ってことは、もしかして、餌が違うのかなあと思ったんです。なので」

鋭い奴だ。信介は思わず舌を打った。極楽とんぼなお人だと思っていたが、案外抜け目がないのかもしれない。

「おっしゃる通り。餌が工夫のしどころなんでさ。鯉は元々なんでも食べますが、それでも好き嫌いはある。それに、あんまり小さい餌を使っちゃあ身の小さい鯉しかかからない。俺は、これを使ってまさ」

脇に置いていた皿を指す。その上には、獲《と》ってきたばかりのミミズが何匹ものたくっている。

「活《い》きのいいミミズは水の中でも暴れますんでね。大きな鯉が驚いてパクリ、とやるんでさ」

「なるほど。——でも、かかる様子がないですよね」

淀《よど》んだ流れの中、浮はまるで動かない。

「鯉も餌の味を覚えちまうみたいでね。以前はこれでも釣れたんですが、でもまあ、まったく釣れないわけじゃない。これからかかるからご安心くださいな」

「そうですか。では楽しみに待たせてもらいます」

そう言うが早いか、竿が弓なりを描いた。来た。信介は喜び勇んで引き上げる。だが、かかっていたのは三寸ほどの小さな鯉だった。これでは安く買い叩かれる大きさだ。

「小さい、ですね」

言わんでも分かっていることをあえて口にするお武家に怒りが湧かぬではないが、あえてここで喧嘩《けんか》をする理由もない。

「ええ、ここんところ、大きな鯉はなかなか釣れなくなっちまってるんですよ。皆が釣り上げちまうもんだから」

「なるほど……、難儀なんですね」

「まあ、副業にしたって大変でさ」

釣り上げた小さな鯉を針から外してびくに移そうとしたものの、手が滑った。地面に落ちた鯉は土の上をひれを動かしてのたうち、盛大に転げ回る。辺りに置いていたミミズの皿をひっくり返し、朝飯にと用意していた海苔の佃煮のおにぎりをひれで叩いた。

おにぎりはその拍子にころころと転がり、川の中に落ちてしまった。ややあって、せっかく釣り上げた鯉も、また水面へと飛び込んだ。

「ああ、俺の金蔓《かねづる》……」

その時、信介はあることに気づいた。

百本杭の切れ間から大きな魚影が浅瀬へと入ってきて、おにぎりが落ちた辺りに近づき始めた。その数は一匹や二匹ではない。水面下でぬらぬらとのたうつ巨大な魚の鱗《うろこ》は明らかに鯉のものだ。しばらく巨大な魚の団子はもつれあっていたものの、やがて、何事もなかったかのように百本杭の切れ間から川の深みへと戻っていった。

「ああ、俺の朝飯が食われちまった……」

がくんと肩を落としていると、新右衛門が、あ、と声を上げた。

「もしかして、見つけたんじゃないですか。次の手を」

「え？」

「もちろん唯力さんともご相談の形になりますが、おおむねはこういうことです。お耳を拝借……」


それから半月余りの後、店先に唯力と新右衛門がやってきた。

「おお、流行《はや》ってますねえ」

黒い着流し姿の唯力が満面に笑みを湛える。その目には、裏店通りだというのに人でごった返して青息吐息の己の顔が映っているはずだ。米屋はふつう行列なんてできない。隣の八百屋の店主も怪訝な目でこちらを眺めてくる。

「へえ、もう忙しくって忙しくってしょうがないんでさ。いくら作ってもお客さんが来てくれるもんで」

すると、唯力の横にいた新右衛門がにかりと相好《そうごう》を崩した。

「やりましたね！　図に当たってよかったです」

「ああ、まったくでさ」

信介は唯力舎の面々を躱《かわ》すようにして並ぶ客たちの姿を見る。以前とはまるで顔ぶれの違う客に驚きを隠せないでもなかったが、もうこれにも慣れた。

新たにやってくる客たちは、ほぼ竿を携えてやってくる。

こうなったのは、新右衛門の提案のおかげだ。

『鯉の餌を売り出してはいかがでしょう』

それが、新右衛門の話の始まりだった。

『信介さんは毎日のようにここ両国の百本杭に通っていらっしゃいます。毎日百本杭に通っていらっしゃる人はたくさんいるでしょうが、米屋でかつ……、というのは、たぶん信介さんくらいのものではないでしょうか』

『あんまり褒められている気がしないんだけれども』

『いつもは褒め言葉にもなりませんが、今回ばかりは一頭《いっとう》抜きん出る要素に成りえます。つまりはこういうことです。信介さんが、ここ百本杭でできる商売を考えればいいんです。それも、あんまり米屋から外れないような商売を』

なるほど。だが、どうやって……？

『だから、餌を作ろうというんです。さっきの魚影を見たでしょう？　食いつきのいい米を使った餌を作れば、めちゃくちゃ魚が釣れるようになるんじゃないですか。拙者は釣り人ではないので分かりませんが、魚がかかりやすい餌は釣り人なら喉《のど》から手が出るほど欲しいのでは』

中には、魚の釣れぬ中、天地と語らうのが楽しい、とのたまう変わり者もいるが、それは釣りを趣味として楽しんでいる手合いだ。ここ百本杭で糸を垂れている者たちからは縁遠い。

だが、気になることがある。

『売れるか？　ここの連中は金に困って鯉を釣り上げてるんだぞ。そんな連中が、大きな鯉を釣るためとはいえ、金を払うかね』

『気になるところですが……。でも、勝算はあります』

ともかく、そんな経緯で売り出した商品が馬鹿売れして今に至っている。

「それにつけても、唯力さん、あんたの策が丸当たりだよ」

「はは、そうですか？　当方はただ、新右衛門さんとあなたが持ってきてくれた案に色付けしただけですよ」

鯉を釣るための餌を売り出す。そんな漠とした案を持ち込んだところ、唯力は開口一番こう言った。

『では、おにぎりを売りましょう』

と。

唯力曰《いわ》く、どんなにお金がない者でも腹が減っては戦《いくさ》はできぬはずだから、百本杭の太公望も何かを食べているはずだ。そして、あそこにいる連中の多くはその日暮らしの単身者と考えてよい。所帯持ちの信介は例外といっていい。鯉釣りだけで家族を養うことはできないからだ。ともかく、ここ百本杭に集う人々は、鯉を釣って金に換えた後、次の日の朝飯代を残して酒に替え、ぐっすりと寝て朝からずっと竿を垂らす、そんな一日を送っていよう。ならば、餌として使えるのもさることながら、朝飯代わりにもなるおにぎりを売り出せば、『餌を買いたい客』『飯を買いたい客』両方に売れる商品となる。

『でも、朝御飯を必要としているのでしょうかね』

『調べてみないと分かりませんが……。四平さん、お願いします』

四平の調べによれば、百本杭に来る釣り人たちの多くは朝飯を抜いて昼飯を軽く済ませ、夕方頃に鯉を金に換えて酒屋に直行する流れの人間が多いという。なぜ朝飯を食べないのかといえば、〝朝早くで竈《かまど》に火を熾《おこ》すのが面倒〟〝そもそも独り暮らしで火を熾すのが手間〟ゆえなのだという。

数日後、この結果が出たことで、唯力の顔は確信の色に変わった。

『これは売れると思います。百本杭にいる皆は決して朝飯を食べたくないわけじゃない。ただ、諸般の事情で自重しているだけです。ならばなんの思い煩《わずら》いもありません。――その分、ちょっと信介さんがご苦労をすることになりますが』

この方針が決まってから、以前より一刻《いっとき》ほど早く目覚め、米を磨《と》ぎ、竈にかけ、佃煮を具にしたおにぎりを作るという作業が加わった。眠い目をこするわけにもいかず、生あくびを浮かべるのを嬶に叱られながらせっせと作る。そしてできあがった少し大きめのおにぎりを板の上に載せて、朝の百本杭でおにぎりを売りながら魚を釣り、米屋を開く時分には戻る。そんな日々を始めた。

変化はすぐに訪れた。最初はぽつぽつとしか売れなかったおにぎりだが、調子よく鯉を釣り上げているのを見た太公望の一人がこう聞いてきたのだ。

『おにぎり屋さん、なんでそんなに釣れるんだい』

かかった。脳裏で浮が水面の下に沈む図が浮かんだ。

『へえ。このおにぎりの端っこをつまんで丸めて、餌にしてるんでさ。あ、中身の佃煮も入れるのがコツですぜ』

匂いにつられてくるのだろうか、鯉を引き寄せるのは海苔の佃煮のようであった。佃煮だけではすぐに水に溶けるため、飯のような形のあるものでないと餌にはならない。苦心と研究の結果、そういう結果に落ち着いた。

そう答えてやると、商売上手だねえ、と揶揄《やゆ》とも感心ともつかぬことを言って、おにぎりを買っていく。

こんなことが何回も続くうち、朝のおにぎりは完売の勢いで売れるようになり、昼間、店に立っていても釣り人たちから『あのおにぎりはないのか』と聞かれるようになった。そこで、店でも売り始めたところ、今や、おにぎり目当ての客が行列を作るようになって今に至っている。

「よかったですね」

「ああ。あんたのおかげだよ、唯力さん」

「一応言っておきます。今までのお客さんは何が何でも大事にしてくださいね。米を買ってくれるお客さんは、この店のやりくりを手堅く支えてくれる人たちですからね」

「へえ、もちろんでさ」

最初、店でおにぎりを売り出すようになった頃、米を買いに来た客が怪訝な顔をしていたことがあった。おにぎりの客に忙殺されて、米を買いに来た客を少し待たせてしまったこともある。信介も常連客に不義理をしてしまっていることには気づいていた。だからこそ、米を買ってくれる客はより一層丁寧に応対している。常連さんは離れていない。当面は及第点というところなのであろう。

「あと、忘れちゃいけませんよ。商いというのは終わりがありません。今やっていることだっていつかは陳腐になっていくかもしれません。常に新しいことを考え続けないと、いつかは立ち行かなくなってしまいま……もごもご」

「まあまあ、今日はその話はしなくてもいいんじゃないでしょうかね！」

くどくどと言いたげにしている唯力の口を塞いだ新右衛門は、相好を崩して信介に向いた。

「いずれにしても、よかったですね、信介さん」

「ああ、ありがとうよ、お武家さん」

「いえ、拙者は何もしてませんよ」

目の前の若侍は、生娘《きむすめ》のように耳まで真っ赤にした。

江戸には義理も人情もありはしない。あるのはただ、無関心と競争ばっかりだ。今までそう思っていた。けれど、目の前のお武家たちは違う。他人の成功をここまで喜んでくれるのだ――。

目頭に熱いものを感じた信介であったが、唯力は懐から書付のようなものを取り出し、差し出してきた。

「な、なんですかい」

「経営が黒字になったら儲けの一割を納めていただくお約束です。一年間ですよ。お忘れになったとは言わせませんからね」

唯力が差し出してきた書付は証文だった。先に唯力が口にしたのとまったく同じ文言が躍っている。

あ……。そうだった。こいつらもまた、義理や人情で動いているわけではない。やっぱりこの世は金なのであった。

なのだが――。

唯力のその瞳には、まるで曇っているところがない。静かな湖を思わせるような瞳。そこに邪気はまるでない。

「では、私はこれにて」

踵を返し雑踏に消えた唯力を追いかけようとした新右衛門を、信介は押し止めた。

「ところで、あの唯力さんっていうのは何者なんですかい。それに、なんであの人に、あんたみたいなお武家さんがくっついて歩いているんですかい」

困ったような顔をした新右衛門は、悪戯《いたずら》っぽく答えた。

「色々あるんですよ。でもまあ、気づけば唯力さんの周りには人が集まってる。そして拙者は——。ちょっとあの人に憧れている。そんなところではないでしょうか」

はにかむ新右衛門の顔は、子犬のようだった。

憧れ、ねえ。随分前に忘れてしまった感覚だ。それに、どこか山師臭いあの男に向けるべき思いではない。だが、信介の心中にも、唯力に対する感謝にも似た思いが形を成し始めていた。

「なあ、お武家さん、あんたはどうやってあのお人と知り合ったんだい？」

「ああ、そうですねえ」

新右衛門は、嬉しげに頬を緩めて、唯力との馴《な》れ初《そ》めについて話し始めた。

第二話　はじまり　その1

「参りました」

首元に竹刀《しない》が突き付けられる中、新右衛門は己の負けを認めた。

しんと静まり返った道場の中では、張り詰めた空気だけが満ちている。ちくちくと頬を刺す殺気は、試合が終わってもなお消え去る気配はなかった。

相手の男は、殺気みなぎる竹刀の先を突き付けたまま鼻で笑った。

「おいおい、道場主とあろう者がもう音《ね》を上げちまうのか」

相手の男は赤い長着《ながぎ》に黒い紗《しゃ》の羽織で、この暑い中、汗の一つもかいていない。総髪で顎《あご》にひげを蓄えている辺り武家ではないことは知れるものの、ではいったいどういう稼業の人間なのかと言われてもまったく見当がつかない。ただ、剃刀《かみそり》のように光る目と、全身から漏れ出る不穏な気が全体の印象の多くを占める。

その男はつまらなげに舌を打った。

「暇潰《ひまつぶ》しにもなりゃしねえな。あれほど有名だった馬律流の道場が、こんなに落ちぶれているなんて思ってもみなかったぜ」

「め、面目ない限りで……」

新右衛門が頭を下げようとしたその時、道場の隅《すみ》に詰めていた又三が立ち上がった。小《こ》兵《ひょう》だが引き締まった体を筒袖《つつそで》の半着《はんぎ》と袴《はかま》で隠す又三はつかつかと新右衛門たちの間に割って入り、敵意をむき出しにした音声《おんじょう》を発した。

「何者かは存ぜぬが、道場主に対する非礼、聞き捨てならぬぞ」

男も負けていない。剃刀のような目を又三に向け直す。

「おいおい、何言ってやがる。強い弱いは道場主の宿命ってもんだろうが。昨今の道場主ってェのは腰抜けでいけねえな、おい」

返す言葉もないのだろう、又三は下を向いてしまった。

新右衛門は仕方なく懐《ふところ》をまさぐった。中から取り出したのは、幾《いく》ばくかの銭を入れた紙包みだ。

「今日は勉強になりました」

心にもないことを言う時には、驚くほどに心が軋《きし》む。紙包みを殊更に重く感じた。

尚《しょう》武《ぶ》の風が吹いた享保《きょうほう》の空気を受け継ぎながらも商いの隆盛する当世、道場主たちの振る舞いにも金の臭《にお》いがするようになった。この通り、自分より強い道場破りが来た時には路銀名目の金を支払い、負けの口止めをお願いする習慣が出始めている。もっとも、この道場の名前など地に落ちているも同然なのだが。

〝祝儀〟を差し出した新右衛門の手を、男は竹刀で乱暴に払った。地面に落ちた紙包みが開き、中の銭が音を立てて散らばった。

「いらねえよ、そんな端金《はしたがね》。ここの道場主が弱かったなんざ吹いて回らねえから安心しろ。そもそも、ここの道場が弱いなんざ、有名な話過ぎるからな」

気色《けしき》ばむ又三に竹刀を投げ渡した男は、首の辺りを掻《か》きながら道場から出て行ってしまった。その背中には〝つまらない時間《とき》を過ごしちまった〟と書いてある。

男の姿が見えなくなった頃合いを見計らうかのように、又三がため息をついた。

「殿、お怪我はございませぬか」

「ああ、骨は折ってない、と思う」

かなり手ひどくやられた。竹刀とはいえ腕をしたたかに打たれ、肩口にも強烈な一撃を叩き込まれた。筒袖の半着をはだけてみると、肩から胸にかけて一本の筋のようなあざが走っていた。

「昨今の道場破りは荒々しくてなりませぬ。――銭を取られなんだが唯一の救い……ですな」

新右衛門は床に転がる銭を一枚一枚拾い上げた。確か三十文ほど包んだはずだ。この出費だって相当痛いものには違いがないのだ。余計な出費をせずに済んで喜ぶべきところだろう。だが、銭を一枚一枚拾うたびに指先が冷えるのは、先ほど竹刀で叩かれたからではあるまい。

「誰もいない時に来てくれて本当に良かった」

「またそんなことを……。殿、お力をつけなされ。それこそ先代様のような」

二歳年上の又三は二十二だ。わずか二歳の差だが、天賦のものに恵まれているのだろう、新右衛門などよりはるかに稽古が進んでいる。というより、当流の術理をすべて知るのはこの又三を置いて他にはいない。常々又三には『お前が流派の衣鉢《いはつ》を継げばよい』と言っているのだが、当人は首を縦に振らない。『これは殿の御家である紗六家に伝わった武術。宗家《そうけ》は必ず紗六家の末裔《まつえい》、すなわち新右衛門様に継いでいただかねばなりませぬ。この譜代中間《だいちゅうげん》ごときに畏れ多い』と固辞しながらも、又三はこの道場への思い入れが強いらしい。

新右衛門が銭を拾い終えると、又三は快活な声を上げて構えた。

「さあ殿、客人がやってくるまでの間、組み手を致しましょうぞ」

「きょ、今日もやるのか」

「日々精進と鍛錬が武術を究める早道にございますれば」

なし崩しに又三との組み手が始まる。しかし、その実力差には埋めがたいものがある。又三に投げられ、関節を極《き》められ、当身《あてみ》で制され、足を払われる。

「これで終わりではございますまいな」

組み手の時の又三は怖い。背中から青い気が立ち上っている気配さえする。

できればもう終わりにしたい。さっきの道場破りに打たれた肩がじんじんと痛む。色々とぼやきたい新右衛門だったものの、又三の張り詰めた気を前にしてはそんなことを切り出す暇もなさそうであった。

げんなりとする新右衛門であったが、やがて助け舟がやってきた。

「新右衛門や」

道場の戸が開き、眼鏡をかけた着流しの老人が戸の隙間から顔を覗《のぞ》かせた。

「父上」

助かった。父の来訪に思わず声が裏返った。

新右衛門の父、紗六主水《もんど》は隠居だ。かつては天文方の役人や町方役人を務めていたが、五年ほど前に事実上の無役である小普請《こぶしん》組に編入され、二年前に家督を新右衛門に譲った今は悠々自適の生活を送っている。枯れ木のように細い手足、分厚い眼鏡をかけている様、猫背気味の立ち姿。そのどれをとっても武家というよりは儒者や学者という雰囲気だ。事実主水の部屋は学者のそれのようで、昔からため込んでいる本でいっぱいになっている。

「いかがなさったのですか、父上」

水を向けると、主水は分厚い眼鏡を光らせた。

「お客人がお越しだぞ」

新右衛門は又三と顔を見合わせる。待ち人来《きた》る、か。

その想像は、戸が開かれたその時に破られた。

「こんにちは」

「ああ、智佐《ちさ》殿ではないですか」

「なんだか、つまらなそうな顔をなさっていますね」

「いや、そういうわけではないんですが」

目を輝かせるうら若き乙女に新右衛門は首を振った。

白い刺子《さしこ》の半着に紺色の袴を合わせ、髪の毛を後ろで結ぶだけにしているこの智佐は、ここ両国西河岸に数多ある小普請組御家人《ごけにん》、五条《ごじょう》家の娘だ。なんでも五条の当主と主水が昔からの友人という縁で武芸を教えることになった。早くも半年ほどになるが、筋がよいらしく、ぐんぐんと腕を上げている。このままでは業前《わざまえ》を超されるのも時間の問題かも……と内心新右衛門がびくびくしているのはここだけの話である。

だが――。新右衛門は小首を捻《ひね》った。

「おや、智佐殿、今日は午後から稽古とお伝えしていましたが」

「そうでしたっけ？　すみません、すっかり忘れていました」

細い指先を唇に添わせた智佐は、ちろりと舌を出した。

「実は今日は客人があるのです。すぐに終わるでしょうから……、道場で又三と修練していただけませぬか」

「はい。でも、新右衛門様も稽古をつけてくれるのですよね」

「ええ、終わったら」

「楽しみにしてます」

智佐はお日様のような笑みを浮かべた。

智佐は又三に稽古をつけられるのがあまり好きではないらしい。又三は『習うより慣れよ』が身上で教え方がちょっと荒っぽい。教授の最中もあまり声をかけず、黙々と稽古に取り組ませるのが気詰まりなのかもしれない。

「では智佐様。殿が戻るまで某《それがし》が」

「よろしくお願いします……」

又三に朝顔がしおれたような返事をする智佐を微笑ましく見ていると——。

「すみませぬ」

外から誰かが呼ばわる声がした。

「きっと、拙者《せっしゃ》の客です」

今度こそ待ち人来る、か。

新右衛門は道場の戸を開き、己の履物をつっかけて庭に出た。だだっ広いだけで白砂が敷かれただけの殺風景な庭、誰も住まないでいるうちに朽ちるに任せている粗末な中間用の長屋を尻目に、新右衛門は入口の木戸を目指す。

「はいはい、ただいま」

向かった先には、一人の男が立っていた。

総髪にひっ詰めた頭。これでは武家と町人の区別もつかない。腰に禁色《きんじき》の巻柄《まきづか》の朱鞘《しゅざや》大小を手挟《たばさ》んでくれているおかげでかろうじて身分が知れるものの、それにしても他の装束がおかしい。黒っぽい着流しに真っ赤な角帯を合わせている。これではまるで、役者のようではないか。そうして見れば、細面《ほそおもて》の男の顔は二枚目風に整っている。

これが、あの待ち人なのか……？　疑念が頭の中で渦を巻く。想像していたものとは随分違う。それだけに、なんと声をかけていいのかすら悩んでしまった。

不穏な空気を読み取ったのか、黒着流しの武家は入道雲のように白い歯を見せた。

「ああ、こちらがこの家のご当主様ですね。どうも初めまして。私はこういう者です。以後お見知りおきください」

男は、懐から手に収まりそうな大きさの木札を取り出し、新右衛門に差し出してきた。

新右衛門はその木札の文字を読む。

「経営指南スル者也　唯力流心学《しんがく》　一瀬唯力……」

「はい、唯力と申します」

この経営指南役を名乗る唯力との出会いが、後に紗六新右衛門の運命を変えるとは、当の新右衛門自身、つゆほどの予感も持っていなかった。


客間に人を通すのはいつ以来のことだろうか。一応前の日に掃除を又三に命じていたが、障子の張替えまで手は回っていないし、畳の裏返しや襖《ふすま》の張替えなどできようはずもない。障子紙は日焼けで黄ばみ、畳表はぼろぼろで、襖に描かれている花鳥の絵は色がくすんでいる。

貧乏神の気配漂う客間を見渡すや、唯力は開口一番こう言った。

「ふうむ、なるほど。私がここに呼ばれたのは、今、家計のやりくりが厳しいから……。そういうことでよろしいですか」

「はい、恥ずかしながら」

新右衛門は頷《うなず》いた。

紗六家の家計は火の車で、特にここ二年はずっと札差《ふださし》から金を借りている状態だ。いい加減改善せねばと思い定めてはいるものの、何から手をつけたらいいのかも分からなかった。そんな中、譜代中間である又三が、〝経営指南をしている男がいる〟という噂を小耳に挟み、渡りをつけた。

新右衛門は唯力に座るよう促しつつ、恐る恐る口を開いた。

「あのう、まずお聞きしたいのですが。経営指南、ということですが、御礼はどのような形に……。前払いという形ではないと聞いていますが」

「ご安心ください」唯力は刀を鞘ごと帯から引き抜くと折り目正しく畳の上に座った。「後払いですよ」

経営が上向いて黒字になった段階から、剰余の一割を一年間納める。これが後払いの内実らしい。

実際にこのやり方は助かる。元手がないからこそこうして経営指南役などという怪しげな男に声をかけているのだ。

「ご納得いただけましたか」

正直、目の前の男への警戒心はまだ解けていない。形ばかりに新右衛門が頭を下げると、唯力は顎を撫でた。

「教えてください。紗六家の石高《こくだか》は？　何かお役目にはついていらっしゃいますか」

「なぜ、そんなことを」

「収入《みいり》をはっきりさせないと、なんにも分かりませんから」

言ってよいものか……。だが、目の前の男の謂《い》いも分からないではない。少しの逡巡《しゅんじゅん》の後、新右衛門は正直に申告した。

「五石の小普請組です」

家禄《かろく》の一部から普請費と称して一部天引きされ、年一回の登城の他は、まるで義務らしい義務もない……いうなればほぼ無役だ。

「御家人……でしたね。ということは、切米《きりまい》取りということでよろしいですね」

「はい。もちろん」

新右衛門のような下級御家人の場合、土地を拝領しているわけではない。徳川家の天領から上がってくる年貢米、すなわち蔵米《くらまい》を支給される形を取ることになる。知行《ちぎょう》取りの場合は全体の収穫高記載になるため、百石取りでも税率が四割なら実際の実入りは年四十石になる。だが、切米取りの場合は表高がそのまま収入になるため、紗六家の実入りはそのまま五石だ。

唯力は頷き、さらに問いを重ねた。

「で、この屋敷にお住まいなのは」

「中間の又三を含めて三人です。あ、又三は南長屋に住んでいますが」

「なるほど、約三石あまりを食費に使って、残りは武家としての交際費などに使うような生活なわけですね。お辛《つら》い台所事情でしょう」

昔は、一人当たりの米の年間消費量は一石とされていた。だが、当世の武家は粗食に耐えることができなくなり、副菜や野菜などもふんだんに食べるようになった。なので、頂いた禄の一部である米を売りに出して銭を得、副菜を買うのが常態となっている。今は結局一人当たり年間一石半くらいの消費量だろう。だとすれば、紗六家は食費だけで年間四石半使っていることになる。そこに日々の生活費も入るのだから、足りなくなるのも無理からぬことだ。

「お分かりいただけますか」

「そりゃあもう、私も武家ですから。もっとも、御家人株を買ったくちですけどね」

最近は武家も零落してきて、己の地位を金で譲り渡すことをするようになった。これを裏で武家株と呼んでおり、斡旋《あっせん》する人間もいれば、売り買いする人間もいる。もっとも、御家人株の売買はご法度《はっと》ゆえ、持参金付きで武家に養子に入る形での譲渡が多いという。

「いやあ、お武家は儲《もう》からないですよね。養父《ちち》からよく話を聞きますが、あんな上がりではちっとも食えませんよ。よくぞまあお武家の皆様はやりくりしておられるなあと感心しています」

この男は商家か何かの出なのだろう、そう当て推量しながら話を聞いているうちに、唯力は答えが出たとばかりににこりと微笑んだ。

「そんなに難しいことはありませんよ。武家の皆さんの〝経営〟を上向かせるためには、手は二つしかありません。よいお役目につくか、あるいは副業に手を染めていただくか……。まず、お役目につく、という方ですが、新右衛門さん、そろばんはできますか」

「正直、得意ではありませぬ」

即答した。昔から体を動かすことは嫌いではないものの、頭を使うことは得意ではなかった。読み書きは人並み、そろばんについては初歩の初歩で匙《さじ》を投げた記憶がある。それに、商人《あきんど》のもの、という刷り込みもあって下手《へた》なままでよいという言い訳にもつながり、簡単な足し引きができる程度でそろばんの稽古を終えてしまった。

「実は今、御公儀が必要としているのは算学の才のある方なんですよ。なんでって、そりゃそうではないですか。領地の上がりも家臣たちの俸禄も、すべては数字で差配されていますから。けれど、〝武士はそろばんなど使える必要はない〟ってことで、算学に優れた武士は珍しい。そんなわけで、お役目につきたい方は算学を磨けば機会が巡ってくるという寸法ですが……、まあ、そのお顔を見た感じでは無理そうですねえ。……だとすると、副業をやるしかないわけですが」

「副業、ですか」

「ええ。そんなに難しいことはないですよ。このお屋敷にぴったりな副業があります。この屋敷を古い中間長屋もろとも潰して、町人用の長屋にしてしまえばいいんですよ」

広いだけが取り柄の乾いた白砂が浮かぶ庭を眺める唯力を前に、思わず新右衛門は苦笑いを浮かべてしまった。

「それができればよかったんですけどね」

胡散臭《うさんくさ》い経営指南役を呼ぶ前に、そんなことはとうの昔に考えた。屋敷の中に出入口が向いている中間長屋ではなく、拝領地いっぱいに町人向けの長屋を建てて店賃《たなちん》の上がりで食う、というやり方は、食い詰めた直参《じきさん》の糊口《ここう》のしのぎ方としては常套《じょうとう》手段だ。江戸に住む直参の屋敷地は建前としては将軍様より借り受けているものだが、何代にもわたって住めばそんな意識は遠のき、もはや自分の土地同然になっている。自らの屋敷を潰して長屋を造って町人に貸し銭を得るという道を選ぶ直参も多い。中には中間長屋を町人に貸そうとする者もあるが、武家屋敷と向かい合うのが嫌なのか、町人たちはそうした長屋は好まない。

「何か、できない理由でも」

唯力が目を光らせる。この男の好奇心でいっぱいの目は相対する者の身をすくませる性質のものらしい。身を震わせながら、新右衛門は松の木一本立たぬ庭の向こうにぽつんと建つ板葺《いたぶ》きの建物――道場――に目を向けた。

「実は、我が家には家伝の武術があるのです」

「そんなものがあるのですか」

いやに食いつきがいい。その理由に思いあぐねていると、興奮気味に唯力は続ける。

「一番儲かるのは、〝何かを教える〟ことなんですよ。もちろん教えることの中身にもよりますが、内容が面白くて、かつ興味を引くような展開をすれば必ずお客さんがつくんです」

新右衛門の心中は複雑だった。

「いや、うちの武術はちょっと……」

「まずいんですか」

「まあその、特殊な武術でして」

「見せてください。金になるかどうかは私が判断しますので」

有無を言わさぬ唯力に促されるがまま、新右衛門たちは部屋を出て履物をつっかけ、母屋の北にひっそりと建つ離れの道場へと向かった。

戸を開くと、ひんやりとした風が新右衛門の懐を掠《かす》めた。暗い道場の中では、型稽古を繰り返す智佐とその相手を務める又三が汗を流していた。新右衛門らがやってきたのに気づくと、先ほどまでつまらなそうに稽古していた智佐が満面に笑みを湛《たた》えて頭を下げ、又三が恭《うやうや》しく頭を下げたものの、止《や》めなくていい、と手を立てて示すと、二人はまた稽古に戻った。

「あの女の方は、妹さんですか」

「いえ、近くの直参の娘さんで、五条智佐さんといいます」

「美人ですねえ」

なんの気負いもなく、まるで今日の朝餉《あさげ》の内容を答えるがごとくに述べた唯力の横で、思わず新右衛門は噴き出してしまった。

「突然何を言うんですか。そもそも、ここにはうちの武術を見に来たのでしょうが」

「実際に美人だなあと思ったので口にしたまでです。新右衛門さんはそう思われぬのですか」

「……正直、よく分かりません」

「おやおや、純なことですねえ」

どうやらこの男は女人《にょにん》あしらいに慣れているようだ……。見た目は武家のなりをしているが、その細い顎といい、こちらを引き込むような目の色といい、男から見ても惚《ほ》れ惚《ぼ》れするほどに男ぶりがいい。悪所にでも顔を出せばさぞ女にもてることだろう。

横にいる男からそんな見立てをされているとも知らず口笛を短く吹いた唯力であったが、その話にはもう飽きたようで、話の舳先《へさき》を翻《ひるがえ》した。

「で、なんですか、この武術は。柔術ですか」

時折しも、型が進行し、この武術の真骨頂が出始める頃合いになっている。

智佐と又三は右手の袖からほぼ同時にあるものを取り出した。五寸ほどの棒だ。径は太いところで半寸ほど。先が丸くなっている木の棒だ。これを二人は右の手の内に隠し、ひようと打ち合った。

「暗器術《あんき》ですか」

隠し武器術と唯力は勘違いしているようだが致し方ない。確かにああいう形をした隠し武器は世の中にたくさんある。

「あれは馬具です。鼻捻《はなねじ》と言いまして、本来は馬の鼻に突っ込んで動きを御するための道具です。そのため、当流は馬を律する、馬律流と名乗っています」

「はあ、なるほど」

感心とも揶揄《やゆ》ともつかぬ声を唯力は上げる。こんな反応はいつものことだ。くじけずに唯力は型稽古に勤《いそ》しむ二人を見やりながら続ける。

「家伝によれば、馬律流は戦国期の桶狭間《おけはざま》の戦《いくさ》に遡《さかのぼ》ると言います。なんでも、今川義元《いまがわよしもと》公の馬子《まご》を務めていたご先祖が、織田信長《おだのぶなが》の襲撃を受けた際に馬具を用いて奮戦したのが始まりとのこと。それを聞いた神君徳川家康《とくがわいえやす》公が馬律流の名と共に紗六家を抱えてくださったとのことで」

「確か、今川義元公は桶狭間の戦の時は馬ではなくて輿《こし》に乗っていたはずでは……」

「細かいことを気にしてはいけません」

新右衛門はぴしゃりと言った。そんな疑問、とうの昔に新右衛門も気づいている。だが、家伝などえてしてそういうものだ、と今は自らに言い聞かせている。

虎の尾を踏むまいとしたのだろう。唯力は話を少し変えた。

「この道場には門人は何人ほど……？」

「一人です」

「ということは、あそこの娘さん一人ということですか」

「ええ」

忸怩《じくじ》たることだが嘘をついてもしょうがない。

「しかし、その割に広い道場ですね。もしかして、以前は流行《はや》っていたんですか」

「おっしゃる通りです」

以前はこの道場にも活気があった。特に先代――新右衛門の母である美郷《みさと》の頃は最盛期だった。女ながら〝馬律流歴代最強〟とまで謳《うた》われ、江戸には敵のない柔術家であった。実力本位を謳う美郷の許《もと》には数々の柔術家が集まり、さながら梁山泊《りょうざんぱく》のような趣すらあった。あの頃は紗六家に婿養子で入っていた主水もお役目についていたはずだから、実入りの点でも紗六家が一番恵まれていた時期だった。

だが、如何《いか》に最強の柔術家であっても病には勝てなかった。十年ほど前、美郷は流行《はやり》病《やまい》でぽっくり逝った。

そこからが転落の始まりだった。

もとより実力本位を謳っていたため、高弟たちの頭には道場を守《も》り立てるなどという思いはさらさらなかった。美郷の葬式が終わるや高弟たちは一人、また一人といなくなった。

中には弟弟子を引き連れて独立する者まで現れる始末。かくして道場には、齢《よわい》十歳の形ばかりの宗家と、がらんどうの道場だけが遺《のこ》された。

主水は馬律流の術理を一切知らなかった。屋敷に残っていた又三が馬律流の術理の稽古が進んでおり、かつ、秘伝書の類《たぐい》もあったおかげで新右衛門も奥伝《おくでん》までの鍛錬を十八までに終えた。だが、結局、一度沈んだ流派の盛名《せいめい》はそうそう簡単には返ってこない。

唯力は興味深そうに稽古の様子を眺めている。突きや蹴り、投げといった馬律流当たり前の動作の一つ一つに目を輝かせ、面白い、と独《ひと》り言《ご》ちた。

「いいと思いますよ、この流派。だって、鼻捻……でしたっけ？　これを用いる流派なんて聞いたことがないですもん。うまくはまれば、きっとまた流行るんじゃないでしょうか」

「そ、そうですか」

野暮《やぼ》ったい武術だとばっかり思っていたが——。

「正直、ちょっと田舎臭い気はするんですけどね。でも、〝他にない〟っていうのは価値ですよ。そうですねえ。流派の名を上げるためには、道場破りでもしていただくのが一番だと思うんですが……。ええと新右衛門さん、ちょっと失礼なことを伺いますが、腕に自信は」

「……あまり強くはありません。そもそも、争い事に向いておらぬのです」

「へえ、向いてない」

「他人を斥《しりぞ》けるということがあまり得意ではないようなのです」

母親と話した記憶は実はあまりない。毎日道場に立ち続けていた母には、近寄りがたい気が満ちていた。けれど、唯一、覚えている言葉がある。それは組み手の後に道着姿の美郷が言い放った言葉だ。

『そなたには覇気がありませんね。それじゃあ、如何に技巧があっても強くはなれませんよ』

決然と言い放った母の一言が、未だに耳朶《じだ》にこびりついている。

「なるほど、心が追いつかぬと」

唯力が肩をすぼめる横で、新右衛門は頷く。

「そういう意味では、うちの母は覇気の塊のような人でした。思えば父も、母の気性を恐れていたように記憶しています」

覇気、というものが、死ぬまで敵に食らいつくがごとき執念であるとすれば、少なくとも新右衛門には持ちうるものではなかった。又三にも、『殿は技量こそ見事なものですが、相手を死ぬ気で倒そうという気合に欠けています』と未だに怒られている。けれど、〝相手を死ぬ気で倒そうという気合〞なんて、いったいどうやって持てばいいのかを誰も教えてはくれない。そもそも今のご時世に必要なものだとも思えない。

唯力は言いづらそうに口をすぼめた。

「こう言ってはなんですが、あまり、道場の経営に向いていらっしゃらないのでは……」

「ええ。向いていないと思います。ただ、拙者は母のいたこの場所を、遺したいだけなのかもしれません」

当主となってから、屋敷を潰して長屋にしようと考えたのは一度や二度ではなかった。主水からは『もうこの家はお前のものなのだから、お前の決めたことに従う』と言われている。それでも踏ん切りがつかずにいたのは、この道場と馬律流のことがあった。たった一人しか門人のいない道場なんて、いつ潰しても構わないはずだった。だが、かつての熱気、死した人の思いに囚《とら》われたままの新右衛門がいる。

唯力はのろのろと頭を振った。

「それはいけませんねえ。正直に申し上げます。あなたはきっと、二兎《にと》を追っています。いいえ、それどころか三兎も四兎も追っているんです」

図星を突かれて思わずたじろいでしまったものの、負けずに言い返す。

「だからって、諦めろと？」

「いいえ、そうは言っていません。もしも、なんでもかんでも追いかけたいのならば――。力を手に入れなくてはなりません。どんな力でも結構ですから」

力。あまりに漠然としている。

唯力は指を一本立て、補足するように続けた。

「どんな力でも構わない、とは言いますが、今、腕力では解決しないことも多いのであまりお勧めしません。やっぱり、できることならば富貴《ふうき》になること。これが一番手っ取り早い」

「金がすべて、ということですか」

「いいえ、そうは申しません」唯力はきっぱりと否《いな》んだ。「ただ単に、金の力が一番今の世の中は通りやすいってことです。――あなたの今に即して言えば、金さえあれば道場を潰す必要もないばかりか、こうして頭を悩ませる必要がなくなります。ね？　金の力は絶大でしょう」

武家であるゆえに卑しいものという刷り込みがあったが、そう言われてみると金も決して悪いものではないとも思えた。金とは武家における刀のようなものなのかもしれない。むやみやたらに振り回せば周りを傷つけ己をも傷つけかねないが、持っていれば己の軸が定まる。

己に引き寄せて合点する新右衛門の前で、唯力はなおも続ける。

「金には力があるゆえに振り回されがちです。けれど、金は人の夢を叶《かな》える大きな力になる場合が多いのです。だからこそ、まずはお金を稼いでもらうようにしているんです。でもね」

唯力はその綺麗な造作《ぞうさく》の顔を悲しげに歪《ゆが》めた。

「お金を稼ぐことが目的になっちゃうのは、かなり辛いことですよ。私が指南する時には、必ず、お金儲けの先にあるものを考えてもらっています。お金儲けっていうのは、どう取り繕《つくろ》っても辛いんです。だから、今のあなたをお手伝いすることはできません」

「そ、それは困ります」

「今のあなたに何かを教えても、きっと後悔することでしょうから」

それっきり、経営指南役を名乗る男はその話をしなくなった。そうしてしばらく経ってから、『もし、己のやりたいことが見つかったなら、私はあなたをお助けしましょう』と述べて道場を後にした。

取り残された新右衛門は、智佐と又三の型稽古をぼうっと見やっていた。かつての熱気が絶え、人二人の吐息がわずかに響くだけの道場の中で、己はあの人の言うように、三兎も四兎も追っているのかもしれない、そう独り言ちた。

新右衛門のため息は、あまりに広い道場に、ためらいもなく溶けていった。

慣れないそろばんを弾《はじ》きながら、月明かりに照らされた帳簿に数字を書き入れる。不得手などとは言っていられないし、武家の体面などと気取ってもいられない。縁側に文机《ふづくえ》を出し、柔らかな光を投げ下ろしてくる月と対面している新右衛門に、不意に声が掛かった。

「殿」

振り返ると、縁側の隅には寝間着姿の又三が立っていた。

「ああ、又三。どうした」

又三は新右衛門の疑問に答えず、眉をひそめた。

「今日は申し訳ございませんでした。某のせいで、殿に嫌な思いをさせてしまったやもしれず」

唯力の存在を新右衛門に教えてくれたのは他ならぬ又三だった。最近商家や武家の再建を生業《なりわい》にする男がいるらしい、胡散臭い男ではあるが成功した場合にしか報酬は取らないとの評判、ここは話だけでも聞いてみればよいのではないか——。そんな又三の話に乗ったのだ。

新右衛門は首を振った。

「ああ、あの経営指南役のことか。なんとも思っていないよ」

「いや、まさかあんなに役立たずとは思いませせなんだ」

ぷりぷりと頬を膨らませる又三であったが、新右衛門はどうしたわけかこの怒りに同調する気にはなれなかった。

新右衛門の心中にくすぶっているのは、あの男の言葉だった。

『私が指南する時には、必ず、お金儲けの先にあるものを考えてもらっています』

お金儲けの先――。そんなもの、考えたことがなかった。

ふと己の胸に手を当ててみると、やりたいことが何もないのではないか……、と思い至った。漠然と今を守りたいという思いがある。けれど、自分から打って出て何かをしよう、なんて気概は湧いてこない。日々の生活に飽き飽きしているとはぼやきつつも、どこかそのぬるま湯のような日々に慣らされている己がいる。

唯力の言葉に囚われている新右衛門の前で、又三は大きく頭を振った。

「手詰まり……ですな」

今月の生活費を計算している。武家の俸禄は二月の春借米《かしまい》、五月の夏借米、十月の冬切米の三期に支給される。夏借米で凌《しの》ぐ時期が長いため、夏の家計が一番辛くなるのは道理なのだが、既に七月の段階で赤字になりつつある。しかもこれは細かな出費を除いた額だ。実際にはもっと赤字が嵩《かさ》んでいることだろう。当座は家禄を抵当に借金もできているが、やがてそれも危うくなる。

「最悪、御家人株を売るしかないか」

「いや、それはお避けください」又三は言い放った。「紗六家は由緒正しき家系にございますぞ」

由緒正しいとはいっても初代は馬子、しかもこの話が相当に眉唾《まゆつば》と来ている。それに、昔がどんなに立派であれ、今は所詮《しょせん》五石の貧乏御家人であることに変わりはない。

「それが嫌なら、道場もろとも屋敷を潰して長屋にするしかない」

「あそこは、先代様──御母上様の大事になすっておられた場所でしょう」

又三は美郷から直伝で馬律流を教わったくちだ。そのこともあって、紗六家に対する忠誠も篤い。だが、今となってはこれもまた紗六家の身の振りを縛っている。

いい加減我慢ができない。新右衛門は力任せに筆を置いた。硯《すずり》の中の墨が揺れて波を作る。

「じゃあ、どうしろというんだ」

「そ、それは……」

又三が仰《の》け反《ぞ》る。

一度たがが外れてしまうと、言葉は際限なしに飛び出してくる。

「結局のところ、何をしようとしても、ああでもないこうでもない、と話が出てきて邪魔をする。そんなんじゃ何もできない。さりとて、誰も答えなんて教えてくれない。又三だって、反対しかしないじゃないか」

「そ、そんなつもりは……」

又三はしどろもどろになっている。

「下がってくれ。考え事がしたい」

新右衛門が話を切ると、又三は顔面を蒼白《そうはく》にしながら頭を下げた。

「――差し出口、申し訳ございませなんだ」

謝罪に応じる気にもなれなかった。

又三はまるで斬りつけられたかのような表情を浮かべ、頭を下げるとすごすごと去っていった。

一人取り残された新右衛門は背中に伸《の》し掛かっている重荷を意識せずにはいられない。何かを変えなくちゃいけない。そんなことは分かっている。けれど、何もできずにいる自分に嫌気が差した。

思わず新右衛門は庇《ひさし》の向こうに広がる空を見上げた。能天気な月が柔らかな明かりを下天《げてん》に投げおろすばかりだった。

「こんにちはー」

屋敷の木戸に現れたのは稽古着姿の智佐であった。

最近、やってくる時機が悪いのだよなあ……。新右衛門は小首をかしげる智佐を前に、そう心中でぼやかずにはいられなかった。もっとも、今日は稽古日だから、ここにやってきたのは当然と言えば当然なのだが、今は到底そんな気にはなれない。

智佐は不穏なものを感じたらしい。整った眉の根をひそめた。

「何かあったんですか」

「実は、又三がいなくなってしまったんです」

「又三さんが？　何かあったんですか」

「書き置きを残して出ていってしまったんです」

あの夜の会話以来、又三は沈み込んでいた。掃除をしていても飯の支度をしていても心ここにあらずといった感じで、声をかけても半ば上の空だった。そんな日が三日ほど続いたこの日、朝、又三が起きてこないことに気づいて又三の中間長屋を覗くと、中はもぬけの殻だった。元々物持ちではないから四畳半ほどの狭い部屋は綺麗に整頓されていた。蒲団が丁寧に畳まれ、几帳面に掃かれた部屋の隅、居心地悪そうに肩をひそめる文机の上に、一枚の文《ふみ》が置かれていた。

「そこにはなんと?」

「〝しばしの間、暇《いとま》を頂きます、必ず戻りますゆえ探さないでください〟と……」

そうこう話しているうちに、木戸から主水が入ってきた。ずり下がった眼鏡はそのまま、額に汗を浮かべながらやってきた主水は、乱れていた息を整えてから首を振った。

「駄目だ……。奴の行きそうなところは当たってみたんだが、見つからぬぞ……」

元より、又三は交友が狭い。この屋敷の他には数軒の商人と付き合いがあるくらいだ。酒も呑まぬし悪所通いもしない。煙草すら吸わず、芝居を見に行っても高鼾《たかいびき》をかくような男だ。

今までこんなことは一度もなかった。

気づけばもう昼過ぎだ。書き置きがあるとはいえ、突然いなくなるなど今までになかったことだ。

なんで……。だが、どう考えても、己の言葉のせいで又三を追い詰めてしまったのは明白だった。

又三。

心中でその名を呼んでも帰ってくるはずはないが、呼び掛けずにはいられなかった。

と、その時、木戸が突然開き、一人の男がにゅっと現れた。

黒い着流しに赤い角帯、朱鞘の大小に総髪の優男《やさおとこ》。江戸広しといえども、こんな奇天《きて》烈《れつ》な格好をしているのはこの男を置いて他にいない。

「ゆ、唯力さんじゃないですか」

すると唯力はにこりと笑った。

「はい。一瀬唯力とは私のことです。――おや、なんだかお葬式みたいなお顔してますねえ、何かあったんですか」

三人の顔を見渡しながら唯力はあっけらかんと述べると、智佐が唯力に言った。

「それが、又三さんが行方知れずになったんですって」

「おや。ということは、噂に聞いたあの件、あれは又三さんってことでいいのでしょうかね」

智佐が首をかしげている脇をすり抜け、思わず新右衛門は唯力の肩を摑《つか》んだ。

「ご存じなのですか。何でもいいです。教えてください」

「ええ、今日の朝、ちょっと小耳に挟んだ話なんですけどね」

裏浅草にある口入屋《くちいれや》に一人の男がやってきた。着流しに股引《ももひき》という中間のような格好をした若い小男で、『どんな仕事でもいいからやらせてほしい。ただ、できることならすぐに多く稼げる仕事だとありがたい』とまくし立てた。だが、昨今は人余りとまで言われているご時世、口入屋といえども簡単に仕事は紹介できない。余っている仕事といえば、そうそう口外できない仕事ばかりとなってしまう。

「口外できない?」

主水がそう聞くと、唯力は頷いた。

「この世の中、人目を憚《はばか》る仕事なんていくらでもありますよ。この話に出てきている口入屋さんが、たまたまそういう仕事も斡旋している人だった、ってことです」

この口入屋はわずかなりとも良心は持ち合わせているようであった。いくら人集めが仕事とはいえ、堅気の人間に裏の仕事を任せようとは思わなかったらしい。半ば断る意味もあって、ある条件を出した。

『うちの人間と腕比べをしてほしい。勝ったらちょいと危ないが実入りのいい仕事を紹介しよう』

小男の前に出てきたのは、身の丈六尺の堂々たる大男だった。話によれば、元はさる剣術道場の師範代だったが、酒と女に身を持ち崩し、今では用心棒稼業で稼いでいる男だという。もちろん実力は折り紙つきだ。

本来は少し痛い思いをしてもらって退散願おうというのが口入屋の目論見《もくろみ》だったのだが――。

勝負は一瞬だった。

大男の大振りの拳骨を潜《くぐ》ったその小男は、屈《かが》みながら軌道の低い蹴りを放って大男の足を払い、浮き上がった大男の襟を摑んで地面に叩き落とした。土煙が止んだ後には、地面にあおむけに倒れてぶくぶくと泡を吹く大男と、袖を直しながらも汗一つかかぬ小男の姿があったという。

『これで満足か』

口入屋に小男は言い放ったという。

こうなってしまっては、口入屋も仕事を斡旋しないわけにはいかなかった。そこで、この口入屋が抱えている、一番儲けのいい仕事を紹介した。

「とまあ、こんな話なんですよ。なんとなく、話を聞いていて、ふとあなた方のことを思い出したんです。もしかして――、って」

主水は眼鏡を上げて小首をかしげている。

智佐は顔を蒼《あお》くしながら、震える唇を動かした。

「新右衛門様、もしかしてそれって。だって、今の話に出てきた人が使った技って」

「馬律流の崩し技、〝根刈り浮かし〟の応用ですね」

技の術理はきわめて簡単で、相手の攻撃を躱《かわ》して両足を払う、というだけのものだ。攻撃中は体勢を崩している場合が多く、うまく極《き》まれば相手を蹴り一発で地面に転ばすことができる。逆に言えば、蹴りを放つ機を測るのがとにかく難しい。しかも話に出たこの小男は〝根刈り浮かし〟を極めた後、襟を摑んで引き倒すところまでやってのけている。相当の手練《てだ》れであることは間違いがない。そして、中間風のなりをした小男、という話を聞けば聞くほど、又三の顔が頭を過《よ》ぎる。

「――唯力さん、教えてください。その口入屋はどこに？」

「はあ、浅草にありますが、その筋から探すのは難しいんじゃないですか？　どんなに口の軽い人でも、誰をどんな仕事に手配したかは絶対に喋《しやべ》りませんし、どういう相手と付き合いがあるかも話さないのが口入屋という商売人の矜持《きようじ》です。そんなことをしたら、文字通り――」唯力は舌を出しながら首に指を添わせ、横一文字に引いた。「こうなっちゃいますから」

「じゃあ、どうしたら……」

唯力は酷薄そうに眉を上げた。

「いいじゃないですか。探さなくて。だって、又三さんは〝ここに戻る〟と書き残しているんでしょう？　何がなんでもここに戻るおつもりでしょうよ」

確かにそれはそうなのだが、又三が今まで無断でどこかに行ってしまうことなどなかった。しかも、口入屋での一件もある。危ない橋を渡ろうとしているということだって考えられる。

新右衛門は首を振った。

「そうはいきません。――何か、ご存じのことはないですか。教えてください」

唯力は新右衛門の顔を覗き込んできた。まるで、初めて目にする動物の奇怪《きっかい》な動きを見るかのようだった。

「嫌です。私はただ働きが大嫌いなんですよ。私がここにいるのは仕事のため。仕事にならないことはしない。そう決めているんです」

「な……!?」

智佐が形相《ぎょうそう》を固くした。

「そりゃそうでしょう？」怖い顔をする智佐に唯力は微笑みかけた。「あなた方にとっては大事な人でも、私にとっては一度顔を合わせただけの――、他人です。何かしてやろうなんて気になれませんん」

その言《げん》には、確固たる冷たさがあった。だが――。新右衛門は唯力の肩を摑んだ。

「なんでもします。教えてください」

しばし新右衛門の顔を見やっていた唯力であったが、やがて、曰《いわ》くありげな笑みを浮かべた。なにか、と新右衛門が聞くと、唯力は優しい手つきで新右衛門の手首を取った。

「それじゃあ、一つだけ条件を付けてもよろしいですかね。もし、又三さんを見つけて、かつ連れ戻すことができたら、この屋敷の西長屋一部屋、私に提供していただけないでしょうか。無料での永代使用ってことで」

「長屋？　あそこ、めちゃくちゃぼろで雨漏りもしてますけど」

「ええ、構いません。いえね、私、今のところ店を持っていないんですよ。けれど、小普請組とはいえ、一瀬の家に店を構えるのはさすがにまずい。目付《めつけ》に何か言われかねませんし。そんなわけで手頃な物件を探しているんですが。どうです？　この条件でしたら、私は喜んで助力しましょう」

新右衛門は思わず主水に目を向けた。

主水は頷き返すだけだった。お前が決めろ、そう言っているように見えた。

新右衛門は即答した。

「お願いします」

「いい思い切りです」

唯力は口角《こうかく》を上げて頷くと、新右衛門の手首から手を離した。

その日の夜、唯力に連れられてやってきたのは、両国西河岸の場末にある大屋敷であった。確かここは旗本の何某《なにがし》殿のお屋敷のはずだ、と独り言ちながら、白壁が続く屋敷を眺めていたものの、暗がりの中、白壁沿いには柄の悪い男たちがこちらをねめつける姿が目に入った。訝《いぶか》しげな視線にあえて気づかなかったふりをして門に回ると、やはりそこには長脇差《ながどす》を差して腕を組む男が二人立っている。

「まあ、あんまり見ないでくださいね。下手に騒ぎになると面倒ですから」

唯力は新右衛門を残し、門前にいる柄の悪い男に話しかけた。しばらく話し込んでいた唯力だったが、最初は怪訝《けげん》そうにしていた相手がひょこひょこと恐縮気味に頭を下げ始めた。そうしてしばらくすると、閉め切られていた通用門が開かれた。

と、そこに至って唯力が新右衛門を手招きした。

「さ、行きましょう」

通用門を潜ると、池や松の木で彩られた庭が篝火《かがりび》に浮かび上がっていた。母屋からは男たちの悲鳴と歓喜が交錯する喚声が上がっている。

「あの、唯力さん、もしかしてここ……」

「はい、賭場《とば》が開帳しています」

肩をすぼめる新右衛門の前を行く唯力は、子供にものを教えるように続けた。

「武家屋敷で賭場を開くっていうのはいい目くらましになるんですよ。武家屋敷には町方役人は踏み込みづらいですし、目付はそもそも忙しくてそんなに煩《うるさ》くないですし。それに、昨今は賄賂《まいない》が通りやすいので、殺しさえしなければ大抵のことは揉《も》み消せますからね」

なにやら恐ろしいことがさらりと口から出た気がしたが、新右衛門は聞かなかったふりをした。

唯力たちは賭場が開帳されている母屋は素通りし、縁側から奥の部屋へと回った。そして外から唯力が声をかけると、

「開いてるよ、入ってくんな」

と声が掛かった。

障子を開いて中に入ると、八畳一間の奥、床の間を背に一人の男が座っていた。

年の頃は五十ほど。総髪に結った髪には白いものが混じっている。なりもずいぶんとおとなしい。柔和に微笑みながら銚子《ちょうし》から酒を注いで呷《あお》っている姿はどこかの商家の旦那

のような気品すらあるものの、右額から頬にかけて大きな刀傷が残っている。そうして見れば、漆《うるし》がつややかに塗られた鞘の刀が傍《かたわ》らに置かれている。

中年男は、唯力の顔を見るなり相好《そうごう》を崩した。

「なんだよ、唯力さんじゃねえか。一緒に呑もうじゃねえか」

「どうも、居鴉《いがらす》親分」

世事《せじ》に疎《うと》い新右衛門でも、その名前は知っている。両国の東西河岸を取り仕切る博徒《ばくと》一家、居鴉一家。その親分の名だ。〝堅気を傷つけない〟が合言葉の古風な博徒だというが、敵対する者にはどこまでも凄惨《せいさん》に報いるということで、親しまれながらも恐れられているお人だ。

居鴉親分は機嫌がよさそうに口角を上げ、使っていない猪口《ちょこ》を投げるように唯力に渡し、銚子を傾けた。

「あんたにここを紹介してもらったおかげで、俺たちの仕事もずいぶんとうまく行ってるぜ」

どういうことですか、と耳打ちすると、唯力に、

「このお屋敷を紹介したのは私なんです。居鴉一家は私のお得意様なもんで」

と返された。

居鴉親分は、唯力の斜め後ろに座っている新右衛門に怪訝な顔を向けた。

「あん？　唯力さん、そのお武家さんは誰だい」

「ああ、実は今日は仕事の話ではないことでお邪魔しているんですよ。親分、このお武家さんの願いを聞いちゃくれませんでしょうか」

「あん？　なんだい」

唯力は振り返り、新右衛門を見据えた。

ここまでは自分の仕事、ここから先はお前が話せ。そう促しているようにも見えた。新右衛門は咳払《せきばら》いをして、親分に向き合った。

「今日からこの賭場に入った、用心棒がいるでしょう？　小兵の、めっぽう強い」

「へえ？」親分の目が光った。「おいおい、その話、誰に聞いたんでえ」

唯力が助け舟を出した。

「すみません。そのご質問にはお答えしかねます。でも、少なくともその人を親分に紹介した口入屋ではないとだけは言っておきます。じゃないと、明日には口入屋さんの死体が川に浮かんじゃいますから」

「はは、違《ちげ》えねえ」親分はこともなげに頷いた。「続けな」

背中に冷たいものが走るのを感じる。親分の目が途轍《とてつ》もなく怜悧《れいり》だからであろうか。声が震えそうになるのを抑えながら、新右衛門は切り出した。

「そのお人は、うちの譜代中間かもしれないんです。今すぐ、返してくださいませんか」

親分の答えは即答だった。乱暴に猪口を膳の上に置き、言い放つ。

「嫌だね」

「なんでですか」

「決まってらあ。あの先生、若いがとんでもなく強いじゃねえか。あれほどの手練れをそうそう手放せるか。こちとら、あのお人を内に引き入れることができねえかってずっと考えてるんだ」親分は唯力に曰くありげな顔を向けた。「唯力さんだって分かってるだろ？　今、ちょいとうちが面倒ごとに巻き込まれてて、猫の手だって借りてえところだってことくらい」

眉一つ上げず、唯力は口の端《は》で答えた。

「もちろんです」

「だったら、帰《けえ》ってくんな」

にべもない。

だが、新右衛門は思わず大声を発していた。

「あの」

「あん?」

親分の刺すような視線が新右衛門の肌を突く。さっきまでの人の好《よ》い顔は既に消え失《う》せ、一匹の老狼が牙を剝《む》き、新右衛門を睨《にら》んでいた。

負けるわけにはいかない。譲れないものがあるからこそここに来たのだ。

「今、親分のところにいるのは、拙者の家の譜代中間なんです」

「だからどうした。まさか、〝譜代中間は犬と同じ、だから返せ〟なんて言うんじゃねえだろうな」

「拙者にとって、あの人は、兄も同然なんです。だから、返してほしいんです」

「なるほど、泣かせるねえ。今時、そんな主従愛、そうそう見られないぜ。だが、こちとら、口八丁なお人はたくさん見てきているからねえ。さて、どうしたもんかね」

また猪口を取り、親分が酒を呷った時だった。不意に、賭場のほうが騒がしくなった。先ほどの喚声とはまるで性質が違う。怒号が飛び交い、物騒な言葉が耳に入る。

「なんだァ?」

親分が刀を引き寄せたその時、障子が開き、博徒風の男がこう報告した。

「賭場荒らしが出ましたぜ。浪人風の男が三人、刀を振り回してます」

「ちっ、厄介な」

猪口を投げ捨てて立ち上がろうとした親分であったが、ふいに何かを思いついたとばかりに口を歪めて新右衛門を見据えた。

「そうだ、お武家さん。さっきのあんたの言葉、行ないで示しちゃくれねえかい。そうしたら、あんたの言う通り、あのお人を返してやってもいい」

「本当ですか」

「嘘はつかねえ。唯力さんが証人さ。このお人、案外敵に回すと恐ろしいんだ。なァ、唯力さん」

困ったような顔をした唯力であったが、頷いた。

「怖いかどうかはさておき、証人にはなります」

「どうするよ、お武家さん。もしこの賭場荒らしを丸く収めてくれたら、あんたの言うことを聞いてやるよ」

怖い、というのが本音だった。実戦の経験などない。だが、ここで退《ひ》いたら又三が戻ってこないかもしれない。そう思ったればこそ、踏ん切りをつけるように新右衛門は頷いた。

「やります」

「よっしゃ、楽しみにしてるぜ」

親分はにたりと笑った。

話はそれで終わりだった。新右衛門は素早く立ち上がると、縁側に出て賭場の方に走った。部屋から逃げ出してくる客の波に逆らうように走り、賭場に踏み込む。

中は八畳間が二つ連なる大部屋であった。普段は襖で仕切られているのだろうが、今日はその襖は取り払われ、盆茣蓙《ぼんござ》が敷かれている。壺や賽子《さいころ》、木札や座布団が散乱している部屋の奥を見れば、目を血走らせた浪人風の男三人が刀を構えている姿が蠟燭《ろうそく》の炎に浮かび上がっている。片や手前にいる居鴉一家の連中はと言えば、やいのやいのと言いつつも浪人三人と距離を置いているばかりで、取り押さえようなんてつもりはないらしい。

武術を修めているとはいえ、実際に修羅場に際すると息がしぼんでしまう。手の震えをもう片方の手で押さえながら、新右衛門は唯力に向いた。

「ところで唯力さん、剣の心得は」

「さっぱりです。そもそも、腰の刀もこの通りですから」

紫色の巻柄を握って半分ほど引き抜くと、銀紙すら張られていない竹の刀身が現れた。いわゆる竹光《たけみつ》だ。

「それに、そもそも私はあなたをここに案内するまでが仕事なので、手を出すつもりはありませんよ。利益のない行動はしないに限りますので」

役に立たぬ……、と吐き捨てようとしたものの、しょうがないと考え直した。何せ、新右衛門自身、足ががくがく震えている。ものの役に立たぬのは新右衛門も同じだった。

と、居鴉一家の輪の中から、一人の男が前に出た。着流しに股引姿のその顔に見覚えがある。あれは、間違いなく又三その人だった。

あらぬ方を向く又三は蒼い顔をしてゆっくりと浪人風の三人の方へ向かっている。肩の辺りに硬直が見て取れる。普段の又三らしからぬ背中だった。

浪人の一人が喚《わめ》き散らしながら又三に近づいていく。しかし又三はまるで動じる気配がない。二人目の浪人もじりじりと前に出る。しかし、顔は緩んでいる。又三の腰に何もないことに安心しているのだろう。

浪人の一人が又三に斬りかかった。

又三は速かった。刀を振りかぶっていた浪人の手元を押さえ込み、そこを起点にして後ろに投げ飛ばした。驚愕《きょうがく》する二人目の懐に閃光のごとく侵入するや、懐から鼻捻を取り出し、したたかにみぞおちを突く。たまらず二人目は膝をついて畳の上で悶絶《もんぜつ》した。

「あと、一人」

又三がそう呟《つぶや》く。

三人目はしばし恐懼《きょうく》に顔を歪めていたが、次の瞬間、にたりとほくそ笑んだ。

というのも、又三が最初に投げ飛ばした男が、音もなく立ち上がったからだ。又三は前に立つ男にのみ意識を払っていて、後ろの男に気づいていない。

見れば、三人目は一人目と目配せをしている。挟み撃ちにしようという肚《はら》だ。

まずい！

そう気づいた時、ひとりでに新右衛門の体が動いていた。衆から飛び出た新右衛門は又三の後ろを取っていた一人目の後ろから首を絞め、そのまま投げに入った。思い切り畳に投げつけてやると、一人目はあおむけに倒れて気絶した。

三人目の顔が再び恐怖に彩られる。

新右衛門は三人目の刀に鼻捻を合わせて懐に入り込むと、左の拳骨を固めて顎を思い切り打ち抜いた。ぐぬ、と声を上げた三人目もあおむけに倒れた。

無我夢中の内に二人を倒していた。

自分でやったことなのか、これ？

信じられずにいると、又三が半ば恐怖の入り混じった驚きの顔を浮かべていた。

「なぜ、殿がここに……」

「迎えに来た。又三。もう、こんな危ない仕事は止めるんだ」

何も言えずに又三は下を向いた。

そこに、床に転がる木札や賭場荒らしたちを踏まぬように踵《かかと》を浮かしながら、唯力がこちらにやってきた。

「おお、すごいですねえ。まさかこんなに手際よくやってしまうとは……。正直、新右衛門さんのこと、舐《な》めてました。ねえ、親分」

いつの間にやってきていたのだろう。唯力の横で口をへの字に曲げる居鴉親分も、床に倒れる不逞者《ふていもの》を見ては、もはや兜《かぶと》を脱ぐしかないようだった。

「まったくだ。なよなよしているから勘違いしてたぜ。それとも三味線を弾いてやがったのかね。まあいい、約束は約束だ。連れて帰んな」

訳が分からずに小首をかしげる又三に、新右衛門は微笑みかけた。

「ちょっとした賭けをしていたんだ。まあ、拙者の勝ちのようだけどな」


それから数日後、紗六家は途端に騒がしくなった。

大工が何人も敷地の中に入り、西長屋の改修を始めたのだ。最初、何も話を聞いていなかった新右衛門は庭先に道具を広げて角材に鉋《かんな》をかける大工たちの姿に戸惑いを隠せずにいたが、やがて木戸からやってきた唯力に声をかけると、

「あれ、手配したの私ですよ」

と唯力は悪びれもせずに口にした。

「〝又三さんの居場所を調べてくれたら無料で空いている長屋の永代使用を許す〟っておっしゃったじゃないですか。でも、あんなぼろ――もとい由緒正しい長屋ではさすがに住めないので、私のお金で直させてもらいます」

実は、又三も住んでいて比較的傷みも少ない南長屋を一室貸そうと考えていただけに、唯力の申し出にはいささか面食らった。

唯力に噛《か》みついたのは又三だった。

「殿、そんな約束をしてしまったのですか！　あんな怪しい男と！」

そもそも唯力を連れてきたのは又三のはずだが……。そう思わないこともないが、口をつぐんでおく。

「又三の身には代えられなかったんだ」

長屋の部屋一つで又三が戻ってきたのだから安いものだ。それに、もしあの時、あの場に新右衛門が居合わせていなかったら、又三は大怪我をしていたかもしれない。あるいは命を落としていたかも。やはりそう思えば長屋の部屋一つくらいなんということはない。

又三が口入屋に駆け込んだのは、やはり紗六家のやりくりを思ってのことだった。どんな仕事でもいい、すぐに稼げる仕事をこなしてそのお代を献上すれば、紗六家の家計も楽になるのではないか。そう思い詰めてのことだったらしい。もっとも、又三は紗六家の奉公以外の生き方を知らない。そのせいで世間の道理に疎く、いきなり鉄火場《てっかば》へと飛び込むなどという無鉄砲なことをしでかした。

「又三、二度とあんなことはするな。又三は、紗六家の家族同然なんだから」

又三は目に涙を溜《た》めながら、頷いた。

「申し訳ございませんでした、殿」

「いや、こちらこそ、すまなかった。又三のことをなんにも分かっちゃいなかったんだ」

どれほど又三が紗六家の状況に胸を痛めていたのか、何もできない自分に歯噛みしていたのかをようやく察することができた。

実は、紗六家の家計そのものはあまり解決していない。

賭場荒らしの件を解決したことで、居鴉親分からはお褒めの言葉の他に礼金まで貰《もら》った。

『一人の怪我人も出さずに済んだんだ、その恩人に礼をしないわけにはいかねえよ』

かくして新右衛門の手には又三の分と合わせて三枚の小判がある。最初は又三にも渡そうとしたのだが固辞された。この金があれば、今年の収支は黒字になる。だが、あくまで今年だけの話だ。来年以降もこれくらいの実入りがなければまた赤字に戻るのは目に見えている。

どうしたものか。ため息をついていると、大工たちにあれこれと指示をしてから戻ってきた唯力が、ははんと鼻を鳴らした。

「これからどうしよう、って顔をしていますね」

「そりゃそうです。今年はいいですけど、来年からどうしようか、また考えなくっちゃいけませんから」

「あれほどの腕があれば、ああいう場所で稼ぐのも手ですけどね」

「断固お断りします」

あの時、新右衛門が大立ち回りできたのは、又三が危機に陥っていたからだ。正直、それまでは足ががくがくと震えて前に飛び出すことなんてできそうになかった。だが、又三が殺されてしまうかもしれない、その恐怖が迫る段になって、体がようやく動いたのだ。

他人事《ひとごと》のように唯力は言った。

「でしょうねえ。あんな仕事、いつか死んじゃいますよ」

「ですよ」

「んー、でも、あの時のあなた、すごく強かったですよ。大の大人を投げ飛ばすなんて、そうそうできるもんじゃありません」

覇気――。母親の美郷に言われた言葉を思い出す。

拙者に覇気などあったのか。だとすれば、覇気とはなんだろう。

考えているうちに頭がこんがらがってきた。あの時、新右衛門を支配していたのは他人を斥けようという思いではなかった。むしろ——。

「あの時、拙者は、〝又三を助けなくっちゃ〟と心に決めていました。そうしたら、体が勝手に動いていたんです。変ですよね。負けん気なんてまるでないのに、なぜかあの時だけは自然に……」

顎に手をやった唯力は、興味深そうに新右衛門の顔を眺めた。その顔には喜色が浮かんでいる。まるで、掘り出し物の市で珍品を見つけたかのような、そんな顔だった。

「な、なんですか？」

うすら寒いものを覚えて新右衛門が思わず仰け反ると、唯力は何やら企むような顔をして、指を一本立てた。

「んー。いえね、長屋を無料で永代使用なんていう無理を言っちゃったので、新右衛門さんにはちょっと色々とご協力をして差し上げようかと思いまして。あなたの家の経営、これからも面倒見ましょう。無料の永代使用がお代の一部ということで」

「でも、唯力殿はおっしゃっていたじゃないですか。〝私が指南する時には、必ず、お金儲けの先にあるものを考えてもらっています〟って。でも拙者、まだその答えが見つかっていないんですけど」

唯力はこともなげに小首をかしげた。

「そんなこと、私、言いましたっけ？」

思わず口から変な声が漏れた。そんな新右衛門をよそに、唯力はしれっと言を重ねる。

「ああ、私、つい思い付きで物を言ってしまうくせがあるもので。そんな偉そうなことを言いましたか。こりゃ困りましたね」

これまでずっと思い悩んでいたのが馬鹿みたいじゃないかと思わぬこともなかったが、しばらくして、唯力はかしげていた首を正し、新右衛門がたじろぐほどのまっすぐな視線をこちらに向けてきた。

「きっとあなたは、私とは違って才をお持ちですよ」

唯力の放った言葉に混じった哀調に虚を衝《つ》かれた。慌てて唯力の方に向いたものの、当の本人は慌てて頭を振っているところだった。

「なんでもありません。――そうだ、一つ、ご提案を。……新右衛門さん、そして又三さん、私の仕事を手伝うつもりはありませんか」

思わず、新右衛門と又三は顔を見合わせた。又三は、訳が分からない、とばかりに顔をしかめている。

唯力は力強く頷いた。

「経営再建の仕事です。……実は、私はこの通りの性格なので、仕事がうまく運ぶこともあれば、てんで駄目、ってこともあるんです。むらがあるんですよ。だからこそ、後払いの形で仕事を請け負っているんですけどね。一人でこの仕事をやり続けるのは辛いと思っていたところなんです。どうです、やりませんか。もちろん給金は差し上げますよ」

「本当だろうな」

又三は怪訝な目を唯力に向ける。すると唯力は鷹揚《おうよう》に頷いた。

「ええ、約束は守りますよ」

納得いかないのが新右衛門だ。いや、納得いかないというよりは、まったく理解が追いついていない。

「分かりませぬ。なんで拙者のような木偶《でく》の坊《ぼう》を雇おうというんですか」

「木偶の坊なんかじゃありませんって。世の人がどう言うかは知りませんが、あなたは私にないものをお持ちです。もちろん、又三さんもね」

力強く唯力が肯《がえん》じる前で、新右衛門は又三と首をかしげ合っていた。

まったく自信はない。けれど、この胡散臭い男の頷きに励まされている新右衛門がいた。

新右衛門は空を見上げた。雲一つない空には熱線を放つお天道様が鎮座している。下天には、蟬《せみ》の鳴く中、長屋の屋根の上で玄翁《げんのう》を振るう大工たちの姿が陽炎《かげろう》に揺れていた。

第三話　はじまり　その2

「いやあ、ようやくできましたねえ」

満足げに鼻を鳴らした唯力の視線の先には、一日仕事で建てられた方一間《ほういっけん》足らずの掘っ立て小屋があった。唯力と共に中に入ると、木の金隠《きんかく》しが置かれている。まだ顔をしかめたくなるような臭《にお》いはなく、真新しい木の香りに満ちていた。

「す、すごいですね」新右衛門は小屋の天井を見回した。「一日でできちゃうものなんですね、厠《かわや》って」

「あの大工さん、凄腕なんですよ。私も重宝してます。もっとも、あの方にお仕事をお願いできるのも稀《まれ》なんですけどね」

「そうなんですか？」

「あの人、隠居しているんですよ。趣味でやっているからお金はそんなにいらないけれど、自分の業前《わざまえ》は持て余している、そんな人です。なので、安く仕事を請けてくれて引く手数多なんですが、あの人にはもっとお金を取るように再三言っているんです。私は相場のお礼を差し上げています」

「いらないっていう相手にですか」

「お金っていうのは」唯力は立て付けのいい滑らかな戸を開いてまた表に出た。「形ないものに評価を与える意味合いもあります。いいと思ったものにお金を払うことで、業前への評価になるんです」

「は、はあ……」

今一つ、言わんとするところが分からない。安く上がるならそれに越したことはないではないか。何の煩《わずら》いがあるというのだろう、と。

「はは、まあ、そのうち分かると思いますよ。新右衛門さんが、自ら稼ぐようになってから、ね」

表のきつい日差しに目を細めつつ、唯力は笑った。

唯力と共に厠を出ると、夏の日差しを背にした又三が腕を組んで唯力を見据えていた。目が外の明るさに慣れるうちに、又三の不機嫌顔も一緒に浮かび上がった。

「まったく、こんなものを建ててしまうとは……。そもそも厠《かわや》は当家にもあるというのに」

「はは、厠は少ないよりは多い方がいいですよ」

「何を言うか。いくら殿から許可《ゆるし》を得たとはいえ、この又三、あんたのやり方には納得がいかぬ」

「は、はあ……」

唯力がたじたじになっている。

どうしたわけか、又三は唯力への当たりが厳しく、唯力はその理由に思い至っていないようだ。実を言うと新右衛門もその辺りの機微が分からない。又三は誰にでも折り目正しいと思っていただけに、唯力にあからさまに見せる敵意に物珍しさを覚えている。

新右衛門は、唯力のことが嫌いではない。

先に起こった賭場《とば》の修羅場においては、唯一の譜代中間《ふだいちゆうげん》である又三の命を助けてもらった恩義がある。いや、譜代中間などという余所余所《よそよそ》しい言い方では又三との関係を言い表すことはできない。又三は家族同然である。

そんな恩人唯力が、ある日こんな提案をしてきた。

『長屋近くに厠を設けたいのですが、よろしいでしょうか』

唯力持ちで長屋を修理した際、厠から遠いという指摘を大工から受けたのだという。唯力の借り受けている長屋は西の道に面しているが、紗六家の厠は庭の北東の隅《すみ》っこに建っている。夜中、寝床から向かうには少々遠い。

最初は異議を唱えた。今まで通り、ありものの厠を使ってください、と。けれど唯力は引き下がることなく、建設費用《かかり》はこちらで持つ、とまで申し出てきたゆえ、そこまで言うなら、と厠の設置を許可したのであった。

もしかすると、この厠の一件が、又三のへそを曲げたのではないかという疑念が湧いた。普段は家政を取り仕切ってくれている又三に、話をまったく通していなかった。ぎゃんぎゃん吼《ほ》える又三の姿を眺めながら、新しい環境になると気を遣《つか》うことが増える、と一つ気づきを得た。

男三人で真新しい厠の板葺《いたぶ》きを見上げていると、木戸が開いた。

からころと履物を鳴らしてやってきたのは智佐だ。今日は稽古のない日ゆえに稽古着ではなく、青い小袖姿だ。後ろには恭《うやうや》しく荷物を持つ中間の姿もある。

「こんにちは、智佐殿。今日はどうされたのですか」

「今日はお花のお稽古なんです。たまたまここを通りかかったので、皆さんにご挨拶でも、と思って。お邪魔ですか」

「いえいえ、邪魔だなんてそんな」

これまでほとんど女人《にょにん》との関わり合いがなかっただけに、今でも智佐と話す時には緊張が走る。嫌なわけではない。ただ、女人というものとの間合いが分からず、未だに胸が高鳴るだけだ。

「なら良かったです」

しどろもどろな新右衛門に、智佐は胸の前で手を合わせて微笑《ほほえ》んだ。そんな智佐に進み出《い》でた唯力が気障《きざ》に微笑む。

「どうも智佐さん、本日もお美しいことで」

「あ、はい、いつもありがとうございます」

智佐は唯力の言葉を受け流す。気があるのかそれともからかい半分なのか、唯力は顔を合わせるごとに智佐に甘い言葉をかけている。最初は智佐も顔を真っ赤にして下を向いていたものの、毎日のように言われては慣れてしまうのが人情だろう。

そっけなく唯力をあしらった智佐は新右衛門に向いて白い歯を見せた。

「そういえば新右衛門様。うちの父より伝言があるのでした。道場の謝礼については近々お支払いするとのことです」

普通、道場の謝礼というのは盆暮れの二回と、昇段の時のご祝儀と相場が決まっている。新右衛門もそのように貰《もら》おうと思っていたのだが、五条家の当主——智佐の父は二か月に一回の頻度で謝礼を包んでくれている。最初はこれを受け取るか否かで悶着《もんちゃく》があったものの、今では新右衛門の側が折れて、ありがたく頂戴するようになっている。年三回の武家としての家禄《かろく》と合わせ、紗六家の収入の柱になっているのも否《いな》めない。

「そうですか。すみません、いつもいつも」

そう頭を下げると、智佐は少しだけ言い淀《よど》んだ後、頬を赤らめた。

「いえ、父も喜んでいますので」

「は？」

「いえ、こっちの話です」

にこりと笑った智佐は、そろそろお稽古に行かないと、と言い残し、中間を伴って去っていった。男三人が残る場には、わずかに女人の発する甘い香りが残っていた。

「あの人――、ええと、智佐さんでしたか。美人ですねえ」

唯力はそう言った。これはいい茶器ですねえ、とお追従《ついしよう》するような口ぶりだった。

「おい」又三は声を尖《とが》らせた。「智佐様は御家人《ごけにん》の娘御様だぞ。言葉を選べ」

「何を言うんですか。私も一応御家人の子ですけど」

「あんたは株を買って養子に入ったくちだろうが」

「それを言われると弱いんですよねえ」

ははは、と力なく笑う唯力の興味は別のところにあるらしかった。

「お稽古事、ですか。儲《もう》かるんですよね、本来は」

新右衛門が話を先に促すと、唯力は頷《うなず》いた。

「そう難しい話じゃないんですよ。花の稽古にしろ茶道にしろ……。なんとなく、〝身になる〟印象のあるお稽古事は、不況知らずで儲かる仕組みなんですよ。お稽古事のお客さんが欲しがっているのは、あくまで〝自分はこれを学んだ〟という箔付《はくづ》けですから」

「そういうものなんですか」

「ええ。だって、かの柳生宗矩《やぎゅうむねのり》ですら、稽古の足りない徳川家光《とくがわいえみつ》公に新陰流《しんかげ》の免許皆伝を差し上げたって言いますよ。お稽古事は多分に商売です」

新右衛門の反発を見越しているのだろう。唯力は続ける。

「もちろんお稽古事の宗家《そうけ》が商売っ気を出すのは好ましいこととは言えません。けれど、お稽古事に箔付けを求めるお客さんが多いのです。ゆえに、世間映《ば》えする箔を用意してやって、それなりに目標を与えてやって乗り越えさせればお客さんは納得する。お客さんの側になって考える。そうすれば、見えてくるものもあるはずですよ」

納得はできないものの、頭の中に手を突っ込まれてぐるぐる掻《か》き回されているような感覚に襲われる。決して嫌な気分ではない。

唯力は話の舳先《へさき》を翻《ひるがえ》した。

「厠を建てたのはいいんですが、汲《く》み取りを考えなくちゃいけませんねえ。新右衛門さん、このお屋敷は、どこに汲み取りをお願いしているんですか」

便所は穴を掘っただけのものだ。いつかは一杯になってしまう。そこで、肥料代わりに便所の中身を農民が買い取る、汲み取りという仕組みがある。

「あ、確か上練馬《かみねりま》村の……」

新右衛門も詳細は知らない。視線を又三に向ける。

「上練馬村の杉作《すぎさく》は二年ほど前に死んでしまいました。ゆえに、この辺りの汲み取りは、元締めなるお人に一括でお願いしております」

「そ、そうだったのか」

気づけば随分物事も変わっていくものだ、としみじみとしていた新右衛門だったが、横にいる唯力は興味深げに顎《あご》を撫でている。

「汲み取りの元締め？　不思議な人があるものですねえ」

又三の目がわずかに泳いだ。

「丁度杉作が死んでからすぐに、ここら一帯の武家屋敷の汲み取り料を一括で面倒を見るというお人が出てきた。半年ほど前に、隣のお武家からそんな話が来てな。毎年交渉するのが面倒で、皆その元締めにお願いしようということになったのだ」

汲み取り料、肥料代わりの厠の中身の料金は、毎年相場が変動している。そのため、汲み取り料は毎年農民たちとある程度交渉しなくてはならないのだが、農民たちだって肥料はできるだけ安く買いたい。そのため、交渉は毎年面倒なものになる、というようなことを又三は言い訳っぽく口にした。

「つまり、交渉をしたくないから丸投げ、ってことですか」

「武家が糞尿の話でガタガタと争うわけにもいくまいが」

「別に非難しているわけじゃありませんよ。で、お礼はいかほど」

「年間で、大根十本」

その言《げん》に、唯力はあからさまに眉をひそめた。

「それはいくらなんでも……」

言いかけた、その時だった。

男のだみ声が、庭先に響いた。

「おお、新しい厠が建ってるじゃねえか。大工から聞いたんで、すっ飛んできたよ」

木戸を破らんばかりに開け放ち、庭先に現れたのは、虎の刺繡《ししゅう》が施された長着《ながぎ》に長脇差《ながどす》姿の男と、その男に付き従う筋骨隆々の大男の二人組であった。虎の刺繡の方はどう見ても堅気の者ではなく、筋骨隆々の大男の方はむしろ武芸者という雰囲気を湛《たた》えている。

又三は難しい顔をして、ぽつりと言った。

「――この人が、汲み取りの元締めです」

新右衛門ですら、これはいくらなんでも……、と顔をしかめたくなる風体《ふうてい》だ。元締め、の意味合いが違う。ともかく、その虎の刺繍の男は、舐《な》めるように新右衛門を見やり、粗野を通り越して野性味のある声を張り上げた。

「おや、そこにいるのは紗六家の若旦那様ですかい。こりゃご挨拶もしませんで」

いやに馴《な》れ馴《な》れしい上、こちらを若いと舐めている風すらある。少しむっとしていると、虎の刺繍の男は左足を引きずるようにしてこちらにやってきた。息がかかるほどの距離にまで寄ってくるや、下から覗《のぞ》き込むように顔を見上げてくる。そうして口角を上げた男の歯は幾本か欠けてしまっている。

「いや、厠を建てるならそうと言ってくれればいいのになあ。水臭いったらねえぜ」

男と新右衛門の間に又三が割って入った。

「ご当主は雑務にかかずらっている暇《いとま》はありませぬ」

「ああ、まあそうだよなあ。で？　離れでもお建てになるのかい」

言に困っている又三に助け舟を出すかのように、唯力が手を叩いた。その大きな音に、皆の視線が唯力に集まる。虎の刺繍の男も例外ではない。

「あん、誰だい、あんた」

「一瀬唯力と申します。差しているのは竹光《たけみつ》ですが、一応武家です」

「へえ、お武家さんが一体なんだってんだい？」

「この厠は私が建てたものなんです。そこの新右衛門さんから許可を頂きまして。つまり――」

「なるほど。ってことは、あんたに話を通さなくちゃならないってことかい」

「そういうことです」

これ見よがしな顰《しか》み面《づら》を作り、短く鼻を鳴らした虎の刺繍の男は氷のように冷たい目を唯力に投げかける。

「でもまあ、安心しろよ。ここら辺の汲み取りの件は全部俺が締めてるんだ。紗六さんのところと同じく、面倒見てやるからよお」

唯力はきっぱりと言い放った。

「不要です」

「何言ってるんだよ、お武家さん。それァ――」

「あなたの汲み取り料は明らかに安すぎますよ。中間さん含め三人で暮らしている武家屋敷の汲み取りの御礼が年間で大根十本？　貧乏長屋の相場の三分の一ですよ。お武家の汲み取りなら、もっと高値がついてもおかしくないはずですよね」

汲み取り料の相場なんて知らないし、そもそも町人長屋と武家屋敷でも値が違うなんて知らなかった。

驚く新右衛門の前で、虎の刺繍の男はピクリと眉を動かした。

「あんた、なんでそこまで詳しい？」

「はあ、私、こういう者ですもんで」

唯力は例の木札を虎刺繍の男に渡した。

その文面に目を落とした男は、胡散臭《うさんくさ》そうな顔をしてその木札を地面に落とし、踏みにじった。肩をいからせ、鋭い目で唯力の全身をねめつけるように見回す。

だが、唯力には暖簾《のれん》に腕押し、意にも介さない。

「経営指南をやらせていただいている人間からすれば、あなたの提示する条件はあまりにも不利です。私は、あなたに汲み取りの交渉をお願いするつもりはありませんよ」

「本気かい？　いやはや、こりゃあ困ったねえ」

帰るぞ、そう付き従う大男に言い放った男だったが、のそりと振り返り、こう吐き捨てた。

「そのうち、俺に泣きついてくるだろうがな」

木戸を手で突いて開き、男は屋敷から去っていった。その背中が見えなくなってから、又三は唯力に嚙《か》みついた。

「おい、何故《なにゆえ》喧嘩《けんか》を売った！　あんたにだって分かるだろう。あれは堅気の人間じゃない――」

「では伺いますが、なぜ、堅気の人間とは到底思えないような人を汲み取りの元締めにしているんですか」

「それは……」

言い淀む又三だったが、唯力はひらひらと手を振った。

「ああ、いえ、話してくださらなくても結構です。大体の事情は察しがつきますから。さしずめ、断れない筋からの申し出に紗六家も従うしかなく、顔合わせの時にあの人の顔を見てびっくり。けれども所詮《しょせん》汲み取り料の話とそのままにしてしまっている、そんなところでしょう」

新右衛門はうつむく又三を見据えた。

「そうなのか、又三」

「……おおむね、その通りです」

事の起こりは、この辺りの汲み取りをしていた上練馬村の杉作が死んでしまったことだ。

杉作の息子が汲み取り料の見直しを迫ってきたのを機に、杉作の村とは縁を切ろうということになった。そして、近隣の武家の中から、『よい人がいる』と紹介されたのがあの虎の刺繡の男なのだという。

「あっちゃあ」唯力は声を上げた。「最悪ですねえ。それで、あの男を紹介したお武家ッてェのは……」

「小普請組《こぶしんぐみ》の林田《はやしだ》殿だ」

「では、ちょっと林田殿とやらのところに行って話を聞いてみましょう。汲み取り料ごときで欲をかくのは馬鹿馬鹿しい話ですが、それでも法外に安い値で汲み取りさせては損ってものです。捨て置くのは得策とは思えませんのでね」

唯力はけしかけるような顔つきで新右衛門を見据える。

「あなたにとっても、耳寄りな話かもしれません。今、汲み取り料は法外に安くなっています。もし高値で買い取ってくれる先が見つかれば、実入りが増えるってェ寸法です」

そう言い放つや、踵《きびす》を返した唯力は木戸の方に向かっていった。新右衛門は居ても立ってもいられず、唯力を呼び止め追いかけた。

「待ってください。拙者《せっしゃ》も連れていってください」

「え、ああ。構いませんよ」唯力は満足げに笑う。「でも、どうして？」

そう問われ、ふと、自分の心の動きを見つめてみた。なんとなく混沌《こんとん》として形がないものの、その奥底にあるのは――。

「この家を守りたいんです。だから」

「そうですか。分かりました。思った通りのお返事です」

少しの間だけ物思いの中にあった唯力はにかりと笑って頷いた。

と、又三が、ああ、と声を上げた。

「殿をそういう道に引き込むでない！　分かった。某《それがし》もついていく！　殿に変なことを教えようというのなら、この又三、刺し違えてでもあんたのことを倒す」

「おやおや、おっかないことで」

唯力は苦笑いを浮かべながらも、楽しげでもあった。


下を向いた朝顔が露に濡れて真夏の鋭い日差しを照り返している。

松の木や瓢簞《ひょうたん》池も掘られた小さな庭。しかし、よくよく見れば松の枝は伸びるに任せていささか見苦しくなっており、瓢簞池は緑色に濁り切り、悪臭を周囲に放っている。水面《みなも》を覗き込んでも生き物のいる気配はなく、新右衛門の輪郭だけがぼんやりと映るばかりだ。振り返って屋敷の屋根を見れば、積み重なる瓦の間に雑草が生えてしまっている。

ふと視線に気づいて素焼きの鉢が所狭しと並ぶ庭に目を下ろすと、柄杓《ひしゃく》と水桶《みずおけ》を手に

朝顔の間を歩く林田が、水をやりながら、

「暑くてかなわぬわ」

と額に浮かんだ玉のような汗を袖でぐいと拭いた。

「綺麗なものですね」

新右衛門が話を合わせると、朝顔とは対照に地味な渋紙《しぶがみ》色の着流しを纏《まと》う林田は首を振った。何日も髪を結《ゆ》い直していないのか鬢《びん》が多少乱れており、見れば着物の肩の辺りに虫食いがある。貧乏の影が、林田にも伸《の》し掛かっている。

顔に浮かんだ深い皺《しわ》を歪《ゆが》ませながら、力なく林田は応じた。

「綺麗、か……。あまり、そう感じたことがない。好き好んで育てているわけでもないゆえな」

藪蛇《やぶへび》だったか。新右衛門は口をつぐんだ。

朝顔の栽培は、食い詰め武家の内職の一つだ。育てた朝顔を植木問屋に卸し、幾《いく》ばくかの銭を得るわけだ。その相場は知らないが、そんなに儲かる稼業でもあるまい。狭い庭に人の歩く余地がないくらいに並んだ植木鉢を見れば、なんとなくこの稼業の上がりにも想像がつく。

破れたままに任せている障子の奥には傘の骨が積み重ねられているのも見える。縁側には作りかけの不格好な竹笛が小刀と共に置いてある。確か林田のところは子が十五のはずで、おもちゃなど必要としていないはずだ。あの竹笛も内職の品だろう。

朝顔の鉢植えに一通り水をやった林田は、難儀そうに腰を伸ばして縁側に腰かけた。

「ここのところ、腰が痛くてしょうがなくてなあ。最近じゃあ、刀を帯びるのがおっくうだよ」

新右衛門は実はここ数年林田とは会っていなかった。以前会った時には活力に満ち満ちていて、毎日釣りに物見遊山《ものみゆさん》にと出歩いていた。そんなお人が、ここまで老いさらばえてしまったのか――。そんな驚きが新右衛門を包む。

「林田殿、でしたね」

唯力が声をかけると、林田は頷いた。

「いかにも。あんたは――」

「一瀬唯力と申します。小普請組の一瀬家の……」

「ああ。一瀬の御家人株を買ったとかいうお人か」

「養父《ちち》をご存じでしたか」

「ああ、両国東河岸の一瀬六兵衛《ろくべえ》だろう？　逆立ちしながら竹生節《ちくぶぶし》を歌うのが特技だった。最近は会っておらぬがあれとは万年小普請組仲間でな。――息災にしておるか」

唯力の養父はろくでもない人のようだと林田の言から察したものの、話を混ぜ返すのも面倒ゆえに喉《のど》から出かかった言葉を呑み込んだ。

「ええ、元気です」唯力は楽しげに答えた。「今でも酒に酔うと逆立ちしながら竹生節を歌ってますよ。変な人ですよねえ」

「はは、そうか。相変わらず、か。——で、六兵衛の養子が何用だ」

唯力が口を開こうとしたところ、又三が割って入り、これまでのいきさつを説明した。

唯力が新たに紗六家に厠を建てたこと、そこに虎の刺繍の男が用心棒らしき男と共にやってきたこと。汲み取りを面倒見てやろうという男に対し、唯力が断ったこと——。

話を聞きながらしばらく考え事に沈んでいた林田は、短く、「そうか」とだけ言った。

「汲み取りの件を聞きたい、ということか」

林田の言に唯力は大きく頷く。

「あの汲み取り料は安すぎます。乗り換えた方がお得だと思います。もっとも、お付き合いみたいな部分も多分にありますから、林田殿に無理強《じ》いをするつもりはありませんが、私は自分で汲み取り先を探すつもりでいます。なので、汲み取り料の間に入っているあのお人が何者なのかを知りたいんです」

唯力の問いに、しばし言い淀んだ林田は目を細めた。

「あれは、鉄という。あんたは、居鴉一家って知っているかね。この辺りを締めている博《ばく》徒《と》一家だが」

この前、又三が用心棒として詰めていた賭場を取り仕切っていた一家だ。

「あいつは、居鴉一家とやり合っている、菅森《すがもり》一家の使い走りだ」

「はあはあ、なるほど」

「居鴉一家は昔からこの辺を締めていた。親分の人も悪くない。堅気には手を出さぬ珍しい御仁だしな。だが、菅森一家はいけない。あそこは堅気に手を出すからな」

声を潜《ひそ》める林田に対して、唯力の声はあくまで大きい。

「同感ですね。ま、菅森一家にも少しばかりは同情しますがね。居鴉一家はいい賭場をすべて押さえてますからねえ。そんなところに割り込むには、阿漕《あこぎ》な真似をしないことにはどうしようもないですから」

新右衛門は話を聞きながら、江戸の裏側に広がる深い闇を思わずにはいられなかった。自分には見えていないものがある。恐ろしいのと同時に心浮き立つ。

林田は肩を落とした。重い荷に疲れ果てているような表情を浮かべて。

「あいつが近づいてきたのは、杉作が死んだあとの汲み取り料のごたごたを聞きつけたのだろう。拙者も村とのやり取りにずいぶん疲れていてな。手数料をくれさえすればうまくまとめてやる、と言われて、ついつい頼んでしまったのだ。そうしたら、こんなことに──」

「まあ、困っている人間を手助けして手間賃を得るのは商いの基本ですからね。もっとも、この場合、困っているのにつけ込んでいるわけで、もはやこれは商いというよりは、シノギってやつですけどねえ」

「どうする気だ」

林田の目には怯《おび》えの色がある。だが、唯力はそれを笑みで躱《かわ》した。

「はあ。私としては、林田殿たちのしがらみに縛られるつもりはありません。もし林田殿が乗っかりたいということであればやぶさかじゃありませんが、無理強いはしません」

「……若いなあ、あんたは」

「よく言われます。事実若いですし」

「そういうことじゃない。菅森一家を敵に回すつもりか」

「商いっていうのは、どんなにいい顔をしたってどこかに敵を作ってしまうものです」

唯力が言い放つ横で、厄介《やっかい》なことになりそうだという予感をどこか楽しんでいる新右衛門がいた。

林田の屋敷からの帰途、庇《ひさし》によって日差しが遮《さえぎ》られた裏路地を三人で連れ立って歩く。打ち捨てられた桶が乱雑に置かれ、蠅《はえ》の羽音が響き、饐《す》えた臭いが満ちた道を進む中、又三が唯力を睨《にら》んで、どうするつもりだ、と棘《とげ》のある響きで問いかけた。

「どうする、とは？」

「決まってるだろう。あの男が菅森一家の人間だということは、あんまり強気に出ては――」

「大丈夫でしょう。博徒はある意味で一番商人に近い存在なんですよ」

言わんとするところの意味が分からない。どういうことだろうと首をかしげていると――。

裏路地の角から、一人の男が躍り出てきた。その男は、虎の刺繍の男の後ろにいた、筋骨隆々たる男であった。

改めて見ると、とにかく上背がある。六尺に届かんばかりだ。紺が抜けて青っぽく色を変じている筒袖《つつそで》から伸びる腕は筋肉を鎧《よろ》い、襟から伸びる首は丸太のように太く、血管や筋が何本も浮かんでいる。自然体に構えているが、頭の上から足先まで気が満ち満ちているのが分かる。しかし、殺気を放っているわけではない。

新右衛門は袖の中で鼻捻《はなねじ》を握り、辺りを窺《うかが》う。

前にも後ろにも仲間はいないようだ。三対一。少し緊張の糸が緩んだが、また締め直す。なおも前を行こうとする唯力のことを手で制し、新右衛門は大男に声を発した。

「貴殿は汲み取りの元締めと一緒にいた方でしょう。何用ですか」

大男は答えない。口を真一文字に結び、なんと瞑目《めいもく》している。

「何用ですか、と聞いているのです。お答えくだされ。さもないと――」

新右衛門は袖の中の鼻捻を握りしめた。

と、その時、大男は一瞬で刀の柄《つか》に手をやり、その目を大きく見開いた。鯉口《こいぐち》を切った大男は、結んでいた口をゆっくりと開いた。

「――汲み取りの件、諦めてはくれぬか」

思わず我が耳を疑った。居合の構えに入っている人間の言葉とは思えないほどに、男の言葉は慇懃《いんぎん》なものだった。それに、命令ではなく懇願なのも引っかかる。

大男は短く息をついて、続ける。

「そなたらが変な動きをせねば、我が主は許すと言っておる。唯々諾々《いいだくだく》、こちらに従ってくれさえすれば、な」

まるで絞り出すような、掠《かす》れた声であった。

と、そこに唯力が割って入った。

「ふうむ。何とも筋が通っていない気がするのですよねえ」

な、何を言っているのだ、この人は――！

新右衛門の心の悲鳴は当然届くはずもなかった。唯力はのんびりとした口調を改めず、己の言いたいことをつらつらと述べていく。

「あなたは私たちを脅しにきている。にも拘《かか》わらず、なぜそんなに怯えてらっしゃるのですか」

大男は顔を赤くして吼えた。

「怯えてなどおらぬ」

「では、恥じている。そんなところですかね」

大男の肩がびくりと震えた。

少し目を細めた唯力は、懐《ふところ》から木札を取り出し、軽く投げ渡した。大男はそれを中空で受け取り、目を落とした。

「私は経営指南の一瀬唯力です。覚えておいてくださいね」

興《きよう》が削《そ》がれたとばかりに鼻を鳴らした大男は、懐に木札を入れて裏路地に消えた。

辺りから殺気が消えた。危難は去ったと息をついていると、唯力が首をかしげ、こう口を開いた。

「一体、あの人は何者なんでしょうかね」

「はあ？　分からないんですか」

「分からないから聞いているんです」

なおも小首をかしげたままの唯力に、新右衛門は言い募る。

「あの人は、菅森一家の人間でしょう。脅してきたではないですか。それが何よりの証《あかし》です。それに、あの男、刀の柄にまで手を掛けました。一触即発だったはずです」

なおも唯力は納得する様子がない。

「どうしてくれるんだ」又三は声を荒らげた。「おかげで殿が危ない目に……！」

「まあまあ、何事もなかったのですからよかったではないですか」

「何を言うか！　もしものことがあったら一大事だったのだぞ」

一息ついたところでようやく新右衛門は己の危うさに気づいて、今更心《いまさらしん》の臓《ぞう》が高鳴ってきた。

刀を抜かんと構えていた男と対峙《たいじ》していた。あの時、新右衛門の傍《かたわ》らには死神が佇《たたず》んでいた。武を誇り、修羅場をそれと捉《とら》えることができずに敵の刃《やいば》に斃《たお》れた武芸者は枚挙《まいきょ》に遑《いとま》があるまい。

己の未熟さを呑み込んで又三を押し止《とど》める。

「拙者は大丈夫ゆえ、気にしなくても平気だ。……そんなことより、唯力さん。これは脅しです。ということは」

「今後も脅しが続くことになりますねえ」

「どうすればいいんですか」

「取るべき道は二つ。一つは脅しに屈して今まで通りに復すること。もう一つは脅しに屈せずにやり切るか。そのどっちかです」

「やり切ることなんてできるんですか」

「博徒の皆さんは驚くほど利に聡《さと》いんですよ。己の利益はどこまでも追求しようとしますし、何が何でも己のシノギは守ろうとしますが、一方でこれはもう商売にならないと判断した時の損切りも早いんですよ。博徒に対するには、取り込まれてしまうか、あるいは相手にしないか。この二者択一です」

「なるほど……」

「とは申せ、正直、計算外です。まさか、たかが汲み取りの話であそこまで踏み込んだ脅しを仕掛けてくるとは思いませんでした。せいぜい五日ほど嫌がらせが続く程度かと思っていたんですけどねえ。なので、私としては、家主のご判断に従いますよ」

思わず見やると、唯力は深刻な話とは裏腹に、どこかのんきに微笑んでいる。

「いえ、この件、あんまり突っぱねてばっかりだと、紗六家の皆さんにご迷惑をかけてしまう恐れがあるのです。私からすればそれは本意じゃありません。そこで、選んでいただきたいのです。菅森一家に迎合しますか。それとも、戦いますか」

唯力の言に割って入ったのは又三だった。

「殿、なりませんぞ。あえてことを荒立てる必要などありませぬ。ここは今まで通り――」

耳には、又三の言葉は半分も入っていなかった。

新右衛門は、心中でこだまする己の言葉と戦っていた。

お前はこの平坦で平和なぬるま湯地獄から抜け出したくないのか？　そんな囁《ささや》きが新右衛門を捉えて離さない。

小普請組の暮らしは、どこまで行っても平坦だ。朝起きて飯を食い、昼間は腹を減らさぬようにできる限り動かずに過ごし、日の傾いた頃に夕餉《ゆうげ》を食べて寝るばかりの生活。金さえあればもっと楽しく暮らすことはできるだろうし、もし道場がうまくいっていれば道場主として少しばかりは山も谷もある人生を送ることができるはずだ。

齢《よわい》二十《はたち》の新右衛門にも見えている。この先、己は死ぬまで小普請組というぬるま湯の中でゆっくりじっくり煮られ、どろどろに溶かされるのを待つばかりの人生なのだ。わずかばかりの夢も、現実という名の苦い汁に溶かされ、〝小普請組のお武家の一生〟という、どうしようもなく普通な型に流し込まれてしまう。

それでいいのか？　そんな疑問が頭を掠める。

どんなに無様《ぶざま》だっていいじゃないか。

抗《あらが》ってみたいじゃないか。

新右衛門は肚《はら》をくくった。

「戦いましょう」

心中の己の囁きに唆《そそのか》されるように、新右衛門は言い放った。

「殿!?　お考え直しください。事があまりに大きくなれば大変なことに……」

「……唯力さん、お願いします」

「いえいえ、こちらこそ、お願いします。けれど、この脅し、そう長くは続かないと思いますよ」

「なぜ、そう思われるのですか」

「だって、たかが汲み取りの話ですから。こんな細々《こまごま》としたことに刺客を寄越すのだっておかしな話なんですよ。あともうひと踏ん張りだと思いますよ、厠の騒動だけに」

「うまいことを言ったつもりか」

又三が鬼のような形相《ぎょうそう》で唯力を睨む。しかし、唯力はまったく取り合おうとしない。

「それに、これもまた、金の臭いがするんですよねェ。というわけで、なんとしても私もこの件はしっかり一枚噛んでおきたいんですよ」

「なるほど」

新右衛門は、唯力がなぜ汲み取りの件ごときに興味を持っているのか、ようやくその理由に行き当たった気がした。


次の日、新右衛門は唯力と共に上練馬村まで足を延ばした。

江戸から離れれば、ずいぶんと鄙《ひな》びた風景が広がっているものだ。畑がずっと広がり、その隙間に小さな家が点々としている。笠を被った村の者たちが鍬《くわ》を手に畑を耕し、もっこで肥料を運び、草を刈っている。江戸のそれとは比べ物にならぬほどに瑞々《みずみず》しい土の香りが辺りには満ちているし、空もはるかに広い。

「いいですねえ。たまには遠くまで足を延ばすものですね」

前を行く唯力は珍しく野袴《のばかま》姿だ。腰には大小を帯び、頭には浅い笠を被っている。新右衛門も似たようなものだ。馬乗り袴にいつもの長着を合わせ、日差しを避けるために三度笠を被る。晩夏の日差しは笠を破らんばかりに迫ってくる。

あまり侍など見ることがないのだろう。畦道《あぜみち》で行き交う者たちは、唯力たちの姿を怪訝《けげん》な顔で眺め、所在なさそうに首《こうべ》を垂れる。

道祖神や地蔵様をいくつか通り過ぎると、やがて、村一番の建物が見えてきた。大きな茅葺《かやぶ》き屋根。母屋の他に厩《うまや》と思《おぼ》しき板葺きの建物も見える上、粗末ながらも生垣があり、木戸なども備わっている。木戸門だけならば、新右衛門の屋敷などよりもよっぽど立派な造りだ。あれは――。

「ここが、村名主さんの家ですね」

木戸を開き屋敷地に入り、表から声をかける。

「誰かおられませぬか」

「ちょっと待っとくれ」

屋敷の奥から軽快な足音が聞こえる。しばらくすると、奥の暗い部屋から一人の女がやってきた。年の頃は三十ほどだろうか。ほっかむりをして、薄いものの丁寧に繊維のほぐされた麻の着物を着ている。が、唯力を――正確には、唯力の左腰にぶら下がっている大小を見たその時、女は血相を変えた。

「お、お武家様でございましたか！　わたしったらなんて粗相を……」

「気にしないでください。そんなことより、名主さんは……」

「よ、呼んでまいりますので少々お待ちを」

女が奥に消えてしばらくしてから、男が奥から姿を現した。おとなしい色の木綿。道で行き交った村人とは違い、日焼けはそれほどしていない。年の頃はやはり三十ほど。きっとあの女の夫であろう。

縁側に立った男は、その場に腰を落とし、平伏した。

「お武家様、ようこそお越しくださいました。わたくしがこの村の名主、平助《へいすけ》にございます」

「お初にお目にかかります」唯力は笠を脱いだ。「私は両国東河岸の、一瀬唯力と申します。平助さん、お会いできてうれしいです」

平助と名乗る村名主は狐につままれたような顔をしている。お武家からこんな慇懃な挨拶をされること自体が珍しいのだろう。そして、唯力はすべて承知の上であえて堅苦しい挨拶をしているのであろう。

こんなところではなんですから、と平助は屋敷の中に招き入れてくれた。お言葉に甘え、というよりは、最初からそれを期待して待っていたのだが、とにかく用意された盥《たらい》に足を浸し、屋敷に上がり込んだ。

奥の客間に通された二人は、平助と差し向かいに座った。一方の平助は鬢から流れる汗を手ぬぐいで拭き、恐る恐るの体《てい》で切り出してきた。

「お武家様が突然いらっしゃるとは、いったい今日はいかなる御用向きで……」

怪訝そうにしている。それもそのはずだ。この辺りはご公儀の直轄領《ちよつかつ》、代官支配地だ。代官の役人が巡回に来るならまだしも、江戸の侍二人がこうしてやってくることは稀だろう。平助が構えるのは無理もないことだ。

口火を切ったのは唯力だった。

「この村に、かつて杉作さんなるお方がいらっしゃったようですが」

「いかにも。二年前まで名主を務めておりました。父です」

「実は」唯力は新右衛門を指した。「ここにいる紗六新右衛門殿の家が、以前、先代の杉作さんに汲み取りをお願いしていたようなのですが」

「あ、ああ……」

ばつ悪げに平助は顔をしかめた。

この反応はある意味織り込み済みのものだった。それにしても気まずい。

目の前の平助は、二年前に汲み取り料のことで揉《も》めた名主なのだ。この平助との紛議《ふんぎ》のせいで、今、汲み取りがやくざに安く買い叩かれる羽目になっている。村からすれば、二年前の紛議はしこりとなっているはずだ。結局あの件でしばらくの間肥料に困ることになっていたはずだからだ。

だが、目の前の平助の取った態度は、予想していたものとは随分方向が違うものであった。

平助は両手を床についた。

「二年前の……、あの件では、両国のお武家様たちにご迷惑をおかけしてしまいました。お詫びを申し上げようにもどの面《つら》下げてお訪ねできようかと、この二年ずっと悶々《もんもん》としておったのです」

平助が、顔をしかめて言うところによれば——。

先代が死んですぐ、平助は若き村名主として仕事を覚える日々だった。先代は急な死であったから、物事の道理も分かっておらず、時折代官所からやってくる書付《かきつけ》をどう取り扱ったらいいのかさえ躓《つまず》いて、隣村の名主に怒られる始末であったという。

そんな頃、村にある男がやってきた。

「村に来るなりこう言ったんですよ。『あんたは騙《だま》されている』って。あんたが払っている汲み取り料は明らかに相場よりも高いって」

平助の言に、唯力は首を振る。

「私の見たところ、そんなことはなかったですねえ。先代と両国の小普請組の皆さんの汲み取り料は相場並みか、あるいは相場よりも安いくらいでした」

「へえ。まったくもってお武家様のおっしゃる通りで……。けれど、物事の道理を知ったのは、すべてが終わった後だったのです」

若き名主は激高した。江戸のサンピンどもが食いっぱぐれて村を食い物にしている――。鼻息を荒くした平助に、件《くだん》の男はこう耳打ちした。簡単じゃないですか、奴らと戦えばいいんですよ、と。

「それで、汲み取り料の値下げを言い出したわけですね」

「へえ、その通りで……。今となっては、お武家様にとんでもないことを言ってしまったと後悔しているんです。けれども、一度口に出してしまったものは肚には戻りませんから」

かくして、汲み取り料の紛議が起こってしまった。

交渉はうまく行かなかった。この紛議を唆した男が、村中の若い者たちを焚《た》きつけたからだ。その結果、年寄たちの『そんな話が通るわけねえ』という制止の声を振り切る形で要求ばかりが吊り上がっていった。

両国の貧乏武家と上練馬村の若き名主との交渉は平行線をたどり、結局村は汲み取りを得る場所を失《な》くした。だが、事ここに至った時、話をこれほど大きくした男は姿をくらましていた。

「なるほど。大体の事情は分かりましたよ。つまり平助さんたちは、何者かに唆されて汲み取りの紛議を起こしてしまった。けれど今は後悔している、そういうことですかね」

「へえ。その通りで」

「ところで、今、肥料はどのように」

「はい、恥ずかしながら、汲み取りは人気で手に入らない、そこで干鰯《ほしか》で何とか凌《しの》いでいるところにございます。されど、干鰯は高く、村の費えを圧迫するばかりで」

干鰯は房総《ぼうそう》の海で獲《と》れる鰯《いわし》を天日干しにして砕いたものだ。これを畑に撒《ま》くことで肥料とするわけだが、房総近くの田畑ならまだしも、江戸より西の上練馬まで運ぶのは大変だ。輸送代が掛かって割高になるし、開けたこの地では入会地《いりあいち》の下草もたかが知れている。汲み取りで得られる堆肥は一番効率がいいはずだが、それは江戸近郊の村ではどこも同じことで、それゆえに汲み取りの権利は熾烈《しれつ》な競争になっており、新たに汲み取り先を見つけるのは難しいはずだ。

曇り切った平助の顔を前に、唯力は、からりと笑った。

「そんなあなたに、ちょっと耳寄りな話があるのですが。実は、ここにいる紗六新右衛門殿の家の汲み取りを、この村の方にお願いしたいのですが」

平助は目を輝かせる。

驚いたのは新右衛門だ。思わず自信満々に座る唯力の肩を小突く。

「ええ？　いつからそういう話に」

「いやいや、あなた自身、家計を上向かせたいって言っていたでしょう？　なら、汲み取り料を見直すのは当然のことです」

「そ、そりゃそうですが……」

言いたいことがないわけではないが、平助の晴れやかな顔を見れば、「そんな話は聞いてない」なんて言える空気でないことは容易に察せるところだった。

「それは、真《まこと》のことにございますか、紗六様」

平助は今にも涙を流しそうなほどの感動ぶりだ。その熱に圧《お》されて頷いてしまうと、目の下を真っ赤にして幸せそうなため息をついた。

「それはありがたいお申し出でございます……。まさかお武家様から斯様《かよう》なお話を頂けるとは」

「ええ。今の平助さんは道理を弁《わきま》えておいでとお見受けします。もちろん」

「へえ。相場の価格で汲み取りさせていただきます」

平助は首を垂れた。

その姿を間近に見ながら、また一つ、新右衛門は世の道理を知った。あまりに売り手側が吹っ掛ければ買い手側が逃げる。逆に、買い手側があまりに値切ろうとすると今度は売り手側が物を売らなくなる。売り手、買い手共に豊富なら、どうやらどこかに均衡点ができるものらしい。

感動する新右衛門を尻目に、唯力はさらなる言を重ねた。

「あと、耳寄りな話がもう一つあります」

「は、はい、なんでしょう」

「もしも、新右衛門殿のところの汲み取りをまっとうに請け負ってくださったなら、二年前までこの村が持っていた両国のお武家に口を利《き》いてもよいですよ」

「真のことにございますか！」

「嘘はつきませんよ。ただし、村の皆さんがまっとうな値段で取引してくれる、と行ないで示してからです。まずは、紗六家の汲み取りをしっかり務めていただいてからです。それで実績を作れば、他のお武家さんたちも分かってくれるんじゃないかと思いますよ」

「そ、そういうことでしたら喜んで」

唯力は釘を刺すことも忘れない。

「不当に高くする必要はありませんよ。あくまで相場でお願いします」

「へ、へえ……、ありがたいお話で」けれど、平助の表情は未だ硬い。「けれど、お武家様——一瀬様へのお口利きのお支払いはいかがしたら……」

「そうですねえ。一軒の口利き当たり、年に大根一本。これでいかがでしょう」

虚を衝《つ》かれたような顔をしている。そんな安値でいいのか？　そう顔に書いてある。

唯力は悪戯《いたずら》っぽく笑った。

「おや、安くして変な顔をされるんだったら、もっと吹っ掛ければよかったですかね」

「あ、いや、そんなつもりは」

「大体あなたのお気持ちも分かります。苦境にある中、手を差し伸べてくれる人がいる。そして無欲にもほどがあることを言う。もしかして、担《かつ》がれているんじゃないか、って疑うのは当たり前ですよねえ。でもよく考えてください。十軒口利きしたとしたら年十本大根を頂けることになってしまいます。でも、私は養父との二人暮らしなので、そもそもそんなにいらないんですよ」

恐る恐る、というふうに、平助は続ける。

「ええと、では、もしご迷惑でなければ多少の金子《きんす》を……」

「いえ、結構です。はっきり申し上げれば、小金をせしめて貯めるのは私の流儀に合わないので」

その言いっぷりはあまりに自然で、聞いている側に一切の疑念を感じさせない性質のものだった。思うがままに口にしている。そんなふうですらある。

そのあまりにあっけらかんとした物言いに、他ならぬ平助が堪《こら》え切れぬとばかりに笑い出した。

「お武家様は、どうにも摑《つか》めませぬな……。けれど、不思議と信じたくなる」

「まあ、あんまり他人を信じ過ぎるのもなんですが。いずれにしても、私はこの村を食い物にしようなんて気はさらさらありません。こんな小さな村を絞るだけ絞ってもたかが知れてますから」

「おっしゃいますなあ……。けれど、不思議と肚が立ちませぬ」

「そうですか。──では、この件」

「へえ。この平助、ご申し出、ありがたく受けさせていただきます」

平助が満足げに胸を叩く姿を、新右衛門はただただ啞然《あぜん》としながら見やっていた。

「これで、丸く収まりましたねえ」

帰り道、夕日に顔を赤く染める唯力は思い出したように呟《つぶや》いた。

江戸へと戻る脇街道は既に日が傾きかけていた。人の姿はない。遠くに赤く染まった村の姿が見え、人の行き交うことのない道の両側には薄《すすき》の原が広がり、奥のほうでは蒲《がま》の穂が風に揺れている。ふと薄の穂先を見れば、赤とんぼが止まってしばしの休息をしていた。しかし、子供の声がどこかから聞こえると、危難を察したのか空の上に飛び上がり、そのまま真っ赤な空に溶けていった。

「思いのほか、平助さんがお人好《よ》しなんで助かりましたよ」

「どういうことです？」

「いえね、今回、平助さんを信用させる術《すべ》はほとんどなかったんですよ。でも、彼は私のことを信用してくれた。溺《おぼ》れる者は藁《わら》をも摑む、って辺りでしょうが、運が良かったです。おかげで、交渉事があまり得意ではない私でも、何とか丸く収めることができました」

「そういえば……」新右衛門は口を開く。「一つ、疑問があるんです」

「なんです？」

「唯力さんです。なんで、あんな安値で仕事をお受けに？」

しばらく唯力は無言だった。カナカナと鳴く蜩《ひぐらし》の声が遠くに聞こえる。それでも新右衛門は唯力の言葉を待った。無言の押し引きがしばらく続く中、諦めたように首を振った唯力は、己の心中をごまかすような笑みを浮かべた。

「まずは、同業者がいないからです。なので、私が勝手に賃金を決めることができる。後は、村の人たちはかつかつで絞り甲斐《がい》がないんですよ。無理して絞ることもできますが、持続して稼ぐことができずに結局損してしまいますし」

なるほど、細く長く、ということか。

理屈に納得する新右衛門であったが、不意に横を歩く唯力が声音《こわね》を変えた。

「あんまり、お金儲けに興味がないんですよねえ」

「以前は〝ただ働きは嫌だ〟って——」

「賃金っていうのは、その人への評価そのものなんです。私は別にお金が欲しいんじゃなくて、評価が欲しいんですよ」

「無欲ですね」

「ははは、ちょっとそれは違います。金以外のものに興味があるだけです」

その言には途轍《とてつ》もない屈折が隠れているような気がしてならなかった。だが、どう言葉を重ねていいものか、新右衛門には分からない。

結果、黙りこくって連れ立つことになってしまった。

赤く染まる里程標《りていひょう》代わりの榎《えのき》の根元に、一人の男が佇んでいるのが見えた。暗がりの中、そして遠目に見ても分かるほどの大男だ。さらに腰には大小が挟んである。

近づくにつれ、男の細かな風体が浮かび上がる。筒袖に粗末な袴姿。四角い顔に、拳骨一つ入ってしまいそうな大きな口。こちらに気づくや、大の刀を閂差《かんぬきざ》しにした。

「唯力さん、下がってください」

「え？　なんです？」

「どうやら、面倒な相手がお越しみたいですよ」

閂差しは普段の縦差しと比べて刀を抜きやすい差し方である。すなわち、臨戦の構えということに他ならない。唯力の前に立った新右衛門は、袖から鼻捻を取り出し、馬律流中段の構えを取った。

榎の下に佇んでいた男が、閂差しのまま、一歩ずつ、こちらに近づいてきた。

ようやく、顔が判然とする。

汲み取りの元締めの後ろにいた、用心棒風の男だ。

唯力も思い当たるものがあったらしい、へえ、と声を上げた。

「おやおや、また来ちゃいましたか」

閂に構えたまま、男が声を発した。

「そなたらが悪いのだ」

低い声に、僅《わず》かばかり苦々しいものを感じる。

「そなたらが汲み取りを諦めてくれぬから、こういうことになるのだ。最初の脅しに屈してさえくれれば――」

男は刀をゆっくりと引き抜いた。青みがかった剛刀の抜き身が露《あら》わになる。そうして切っ先をだらりと下げ、自然体に構え、こちらを見据える。

「近藤助次郎と申す。すまぬが、わしの生計のため、死んでもらう」

近藤と名乗った男が息を吐き出した瞬間、場が凍った。

本物だ。

練達の武芸者には沈鬱《ちんうつ》なまでの重みが生まれる。相対する者の手足を搦《から》め捕《と》り、がんじがらめにするような、そんな気を放ってくる。この近藤なる武芸者からもそんな気を感じる。

新右衛門の鬢に汗が溜《た》まり、つうと流れた。

こちらから仕掛けることはしない。相手は切っ先を下げて隙だらけだが、これほどの気を放つ相手に先《せん》の先《せん》で打ち込める自信はない。相手の一撃を見極め切り返す後《ご》の先《せん》を狙うしかあるまい。

そう算段をしていると、近藤は苦々しい顔のまま、吐き棄てるように宣した。

「参る」

だらりと下げていた切っ先を上げ、身をこちらに寄せた。

迅《はや》い！

ずいぶん距離を置いて相対していたはずなのに、一瞬で間合いを詰められてしまった。既に新右衛門は白刃《はくじん》の下《もと》に立たされてしまっている。

だが、突如として木陰から飛び出してきた一つの影が新右衛門を突き飛ばし、敵の脇をすり抜けるように後ろを取った。

振り返った近藤は、ふむ、と鼻を鳴らす。

近藤の視線の先には、小刀を逆手に構える又三の姿があった。もしもの時のために少し離れたところから別行動を取らせていたのだ。

又三の握っていた小刀が音もなく折れた。ち、と舌を打って又三はそれを捨てた。

近藤は刀を操り、刃を合わせていたらしい。やはり相当強い。

だが――。もう既に又三は布石を打っている。

これで終《しま》いだ。

裂帛《れっぱく》の気合を上げ、近藤が鉈《なた》のごとき一撃を又三に振り下ろした。

かに見えた。

が、近藤の足捌《あしさば》きは先ほどのようには伸びなかった。

何が起こったのか、近藤自身が分かっておるまい。近藤はといえば、狐につままれたような顔をしている。だが、足元に目をやって、ようやく理解したらしい。

近藤の袴がずり落ち、足に絡まっていた。これが近藤の自在な足捌きを奪ったのだ。

馬律流、佩楯《はいだて》落とし。原理は簡単だ。佩楯（腿を守る鎧の部位）や袴といった、腰に巻かれているものの結び目をほどいてやることで、足の自由を奪う技だ。先ほどすれ違った時に、又三が袴の結び目を小刀で斬ったのだろう。

袴がずり落ちた格好になっている近藤は、茫然《ぼうぜん》としたままその場に立ち尽くすばかりであった。しかし、ややあって、目を何度もしばたたかせながら呟いた。

「負けたのか、わしは」

茫然自失になっているようだ。これほどの剣客だ、佩楯落としの技の性質を理解したのだろう。小細工を弄《ろう》し、無傷で取り押さえるための布石、すなわち、その気になれば殺せる相手をあえて生け捕りにするための技なのだ。

「強いな、そなた。名を聞いてもよいか」

近藤の問いに又三は応じた。

「馬律流の、又三。しがない門人ぞ」

「聞かない流派に聞かない名だ……。ふふ、江戸は広い。まさか、わしの剣を破るものがあろうとはな」

その顔には、まるで屈託はない。

「すまなかった。そなたらのようなまっとうな人間を傷つけようとしておった。許してほしい」

その口ぶりは、先ほどまで刀を振り回していた男のそれではなかった。又三の代わりに新右衛門が口を開いた。

「ご事情がおありのようですね」

近藤は自嘲《じちょう》するように鼻で笑った。

「込み入った事情はない。剣にしか秀《ひい》でたところのない男が、剣を生かそうと渡り歩いて、結局は用心棒稼業に堕《お》ちているだけのこと」

「今の稼業にはいたくないのですか」

「堅気の人間は傷つけない、というつもりでやってはきたが、そうもいくまい。今日のようなこともある。これまで殺しこそしていないが、さんざん堅気の人たちに迷惑をかけてしまった」

新右衛門には、目の前で肩を落とす武芸者の思いが分かる気がした。

近藤の着物を見れば、袖の辺りがびりびりに破れているわ、懐辺りにいくつも穴が開いているわで、もはやぼろ布と区別がつかない。紺色の袴もところどころ布地が薄くなって透け始めている。きっとこの人もまた、貧乏によって今の立場――やくざの用心棒――に甘んじているのだろう。

近藤はぽつぽつと続ける。

「わしはこれまで、諸国をめぐって武者修行をしておったのだ。それで、江戸で道場を開こうとしていたのだが、うまく行かぬうちに銭が尽きた。そこで、口入屋《くちいれや》に向かったらあの男を紹介されてな……」

まったくもってどこかで聞いた話だ。だが、世に尽きない話でもあるのだろう。

唯力は近藤に優しく話しかける。

「一つ、お伺いしても」

「なんだ」

「あなたは、今を変えたいですか？　今でも、道場を開きたい、そう思っていますか」

「もちろんだ」

近藤が即答すると、唯力は相好《そうごう》を崩した。

「そうですか。では、こういうのはどうでしょう？」

唯力が言い出した提案に、思わず新右衛門は耳を疑った。

「お邪魔致します」

うしろに糞尿桶を持った若い男を連れ、平助が紗六家の母屋の濡れ縁の前に立った。出迎えた新右衛門はその場に腰を下ろす。

「お座りくだされ」

「いえいえ、お屋敷を汚すわけには参りませぬ」

恐縮する平助の顔は少し強張《こわば》っている。

「今日より、お宅の汲み取りをさせていただきます。ですので、ご挨拶に伺った次第で」

「これはご丁寧に」

「あと、これはご挨拶ということで……何卒《なにとぞ》お納めください」

平助は背負っていた包みを新右衛門に差し出してきた。開くと、中からは二本の大きな大根が現れた。季節外れの作物だが、未だに瑞々しい。わけを聞くと、平助はこう教えてくれた。

「地下の蔵に収めると、しゃっきりとした食感が残るのです」

「へえ……。では、ありがたく頂戴します」

「では……」

平助は糞尿桶を持った若造ともども、厠の方へ走っていった。

手に残った大根をまじまじと愛《め》でていると、長屋の方から唯力がやってきた。

「へえ、心づけですか。これも通り一遍ですねえ。……どうやら平助さんも、道理をずいぶん身につけなさったものと見えますね」

見れば、糞尿桶の天秤棒《てんびんぼう》を担ぐ若造と、その若造を叱咤《しった》する平助が遠くに見える。新右衛門の視線に気づいたのか、平助は恭しく頭を下げ、前を行く若造に続いていった。

「そういえば他の家の汲み取りはどうなったんですか」

「目下交渉中ですね。そのうち、平助さんの村に戻ってくれると思いますよ」

「心配なのが、菅森一家の動きですが……」

「大丈夫ですよ」

短く笑った唯力は、庭の隅で諸肌を脱ぎ、太い木刀を振るう近藤助次郎を見やった。

「あの人ほどの用心棒がいれば、ね」

馬律流の技によって一敗地にまみれた近藤に唯力が提案したのは、『唯力舎の用心棒にならないか』というものであった。

『商売の助言をする仕事上、どうしても余計な恨みを買うものです。そろそろ用心棒が欲しいと思っていたところなんですよ』

かくして、近藤は唯力の傍《そば》近くに侍《はべ》ることになったのであった。

とはいっても──。

「でも、よい考えでしょう。紗六家の空いている長屋に住まわせるっていう案は」

それを言い出したのも唯力だ。

『給金は払います。ただ、一つだけ条件があって、必ず新右衛門さんの長屋に住んで、毎月百文ほど納めてください』

悪い条件ではない。それどころか、月百文の店賃《たなちん》ならばその辺の貧乏長屋よりはるかに安いのだ。近藤が喜んで越してきたのは言うまでもない。

『月に百文。端金《はしたがね》ですが、遊ばせていた長屋が一つ埋まったんですから儲けものだと思いませんか』

実際その通りだ。月に百文という金はそんなに重くはない。だが、塵《ちり》も積もれば……というやつだ。近藤に貸している長屋の収入、今回の件で事実上増額した汲み取り料と合わせれば、多少なりとも実入りはよくなった。少なくとも、来月には首をくくらなければ、という切迫感はなくなった。

「お金を蔑《さげす》む人もいますけど、私は違う意見です。お金っていうのはほどよく持っていれば心の余裕になるものです。余裕があれば、その分、のびのびと生きることができる。そういうものだと私は思うんですよ」

唯力がそう言うからにはそうなのだろう。そんな気がした。

素振《すぶ》りを終えた近藤が、汗を垂らしたままこちらへとやってきた。鼻息荒く、顔を上気させながら。

「新右衛門殿、今日こそは本気で手合わせしていただきますぞ！」

「いや、前から言ってるじゃないですか。前の日も、その前の日も、さらにその前の日も本気で手合わせさせていただきましたよ」

「何を言われるか。昨日もおといもさらにその前の日も、そなたは力を抜いておいでではないか！　馬律流の冴《さ》えを見せてくだされ」

新右衛門が頭を抱える横で、唯力は何が面白いのかにやにや笑っている。

近藤が長屋に越してきてからというもの、毎日のように手合わせを頼まれるようになった。近藤の得物《えもの》は竹刀《しない》だ。しかし一度として近藤に勝てていない。あの又三といい勝負を繰り広げた剣客なのだ。新右衛門ごときが相手になるはずがない。

近藤の剣は剛直さと繊細さを兼ね備えている。受けようと鼻捻を構えると小手を打たれ、小手を警戒すれば脳天を叩かれる。とんでもない竹刀巧者だ。もしかしたら、又三よりも強いかもしれない。

では逆に、どうして又三は真剣での立ち合いで勝ちを取れたのか……。一道場主ゆえ、あの時の戦いぶりについて頭の中で思い描き理由を探しているが、あの時の立ち合いにおいて近藤の剣には迷いがあったのだろうというのが今の時点での答えだ。いかに真剣での立ち合いとはいえ、あの時の近藤の一撃は大振りが過ぎた。人を傷つけるのを嫌い、避けられるように刀を振るっていたのではないか——。そんな手心を無意識のうちに加えてしまう辺りに近藤助次郎という男の心根の優しさが透けているようで好感が持てるものの、あれが無意識だというのも考え物だ。

あの時の敗北にどうやら近藤自身が戸惑っているらしい。あれほどの剣客ならば負けた経験などそうはあるまいし、己よりも十歳ほども年下の若造に後れを取ったとあれば、本人の中でも思うところはあるのだろう。

こうなったのは、唯力のせいでもある。

近藤を勧誘する際に、

『紗六家の長屋に入ってくれれば、思う存分又三さんや新右衛門さんと稽古できますよ』

と耳打ちしたのだ。

近藤の目の輝かせ方を見るに、どうやらこの条件が一番心を奮い立たせたらしい。近藤は、己を破った又三を従わせる〝宗家《そうけ》〟の新右衛門は底知れぬ強さを持つのであろう……という風に結論付けたらしい。

紗六家にはほとんど使われていない道場がある。『もしも門人を集めることができた暁《あかつき》には、月に何度か新右衛門さんに道場を貸してもらえばいいんじゃないでしょうか。もちろんお礼はしてくださいね』と言い添えることも忘れなかった。

なるほど。道場を開きたいが場所のない人がいる。かたや場所はあるのにお金のない人がいる。そこに利害の一致があるわけだ。また一つ新右衛門は賢くなった。

今のところ、近藤には門人がいない。よって道場の貸し出しでお金が入ってくるのはしばらく先だろうが、とりあえず今は損失がないのだから万々歳だ。それに、お稽古事は儲かる、とは唯力の言だ。そのうち近藤が多くの弟子を連れてきて、あのがらんどうの道場に活気を呼び込むことだってあるかもしれない。

もっとも――。問題があるとすれば、近藤の稽古熱くらいだろうか。

「ほら、新右衛門殿。今日も頼みますぞ！」

「ええ……。今日もですか」

「もちろん！　ほら、ご教示願いますぞ、本気で！」

面倒臭いことこの上ない。

沓脱石《くつぬぎいし》に置いていた履物をつっかけ、庭に降り立った新右衛門は鼻捻を取り出した。いつもの構えである中段ではなく、鼻捻を持つ右手を額の辺りに構え、左手をぴたりと脇につけるという、馬律流の上段の構えを取る。

「おお、新しい構えですな。これは楽しみでござる」

木刀を捨てて竹刀を上段に構えた近藤が、裂帛の気合と共に駆け出してくる。六尺を超える大男であるにも拘わらず、本当に身が軽い。それゆえに付け入る隙がないともいえる。

受けてはならぬ、ならば避ける。

振り下ろされる一撃を読み切って躱し、懐に入ろうとしたものの、もうそこに近藤はいない。気づけばすでに五歩ほど外にいる。

また近藤が前に踏み出した。

さすがに面倒になった新右衛門は、あらぬ方を向いて指を差した。

「あれはなんだ、火事か！」

「えっ」

近藤がつられて指の先に視線を向けたその時、新右衛門は懐に入り込み、鼻捻の先を近藤の顎先に突き付けた。

「はい、これで拙者の勝ちです」

「むむう……」近藤は顔を赤くした。「卑怯《ひきょう》であるぞ、新右衛門殿」

「こうでもしないと勝てないんですからしょうがないじゃないですか」

「ええい、あまりに行きすぎた謙遜は嫌みにしか聞こえませぬぞ……！　では、もう一回勝負を！　次こそは本気で！」

「ああもう、いい加減にしてくださいよ！」

音《ね》を上げる新右衛門のことを、どこか楽しげに唯力が見やっている。腹の虫が鳴るのを耳にしながら、どうやって目の前の男を納得させたらいいものか、ずっと新右衛門は首をひねり続けた。

第四話　はじまり　その3

水をすりながら、庇越《ひさし》しに空を見やった。入道雲が遠くにそびえ、米蔵や武家屋敷の甍《いらか》が日の光を照り返し、動く影一つない白砂の風景が広がる殺風景な庭には陽炎《かげろう》が立ち、奥に並ぶ長屋の姿を歪《ゆが》ませていた。風が吹き抜けて砂を巻き上げ、軒先に吊るした鉄風鈴がけたたましく鳴り響く。

「何もない庭にも美点はあるのですね」

うちわで顔を扇ぎながら、縁側に腰かける新右衛門は横に座る主水に話しかけた。少し皮肉を混ぜたものの、文机《ふづくえ》を前にした主水が気づいた様子はない。本の頁《ページ》をめくってから、眼鏡を上げて頷《うなず》いた。

「兼好《けんこう》法師も『家の作りやうは夏をむねとすべし』と書いておる。冬は上着を着込めば凌《しの》げるが、夏の暑さはいかぬからなあ」

とはいっても、冬になるとこの何もない庭は底冷えのする寒さがとぐろを巻いて、こちらを食い散らさんと牙を剝《む》くようになる。あまりになにもない庭も考えようだ。

いずれにしても、そうやって屋敷の庭について思いを致せるほどに平和になったという事実を前に、新右衛門はほっと息をついた。

紗六家の家計は一時と比べれば随分楽になった。近藤たちの家賃が初めて入ってきたからだ。月の途中からの入居ゆえ満額は貰《もら》えなかったものの、まとまった銭が毎月入ることのありがたさを思わずにはいられない。懐《ふところ》が温かいと、こうも心穏やかなものなのか……。気が抜けそうになる。今日も、午後に予定されている智佐の稽古の他には何も用事はない。

入口の木戸がゆっくりと開き、遣《つか》いにやっていた又三が戻ってきた。

「お帰り、又三」

母屋《おもや》に戻ってくる姿に声をかけると、又三は恭《うやうや》しく首《こうべ》を垂れて、抱えて持っていた朝顔の鉢を掲げた。それは？　と聞くと、又三は笑みをこぼす。

「はい、林田殿が、〝お土産に持って帰ってくれ〟とおっしゃるもので」

「へえ。あの林田殿が」主水は本を伏せ、呆れたような声を発した。「あの吝嗇《けち》で有名なお人がねえ」

汲《く》み取りの件で暗躍していた菅森一家にしてやられる形になっていた林田も、このたび、平助の村に汲み取りを頼むことに決した。最初は『奴らの仕返しが怖い』と口にしていたものの、唯力が手を回したおかげで報復はないようだ。汲み取り料が増額すればその分だけ生活が楽になる。この朝顔は、少しだけ上向いた林田の身代を物語るものだ。

「又三、今日の仕事は終わりでいい。休んでくれ」

恭しく頭を下げた又三は、朝顔の鉢と共に母屋の裏へと回っていった。

嫌になるくらい平和だ。平和結構。だが、一方で、この日々に倦《う》み始めている新右衛門がいた。何か、新しい事件はないものか。

駄目だ駄目だ。新右衛門は首を振る。ここのところ、鉄火場《てっかば》を求める己がいる。

この前の汲み取りの件では剣の達人に斬りかかられる経験をしてしまったのだが、あの白刃《はくじん》の上を渡るがごとき経験をまたしてみたい、と血が騒いでいる。

くわばらくわばら、平穏第一平穏第一……。眉《まゆ》に唾《つば》をつけると、強い日差しに晒《さら》されている木戸が突然開かれ、中に一人の男が転がり込むように入ってきた。

顔を蒼《あお》くして辺りをきょろきょろと見渡した男は、母屋の縁側に座る新右衛門たちに気づいたのか、頭を下げて小走りで庭を横切り、縁側にいる新右衛門の前に立った。

「すみませぬ、ここのお屋敷のお侍様とお見受けいたします」

「左様ですが……」

心が浮き立つのを無理やり抑えながら、新右衛門は入ってきた中年男のなりを注視した。町人髷《まげ》の丸顔。青っぽい夏羽織に、鼠《ねずみ》色の紗《しゃ》の長着《ながぎ》を合わせている。羽織と長着が色違いだが、丈《たけ》がぴったりだ。古着屋で探したわけではなく、別々に仕立てている。つまりは、相当な分限者《ぶげんしゃ》だ。そのつもりで上から下まで舐《な》めるように眺めてみれば、腰に黒光りする印籠《いんろう》がぶら下がっている。さりげなく、慎《つつ》ましやかな造りをしているが、相当手のかかった逸品だ。

金の臭《にお》いを漂わせる男は弱り切った顔をして今にも消え入りそうな声を発した。

「ここに唯力さんがいらっしゃると聞いたのですが、真《まこと》のことにございますか」

「ええ、おりますが……。朝風呂を浴びてくるとのことで」

噂をすれば影、木戸が開いた。

やはり唯力であった。黒い着流しの襟をいつもより緩く合わせて、竹光《たけみつ》の大小すら手挟《たばさ》んでいない。肩からはほくほくと湯気が上がり、すっきりつややかな顔をしている。その横には、上半身をはだけて手桶《ておけ》を持つ近藤助次郎の姿もある。町人ならまだしも、武家が人前で肌を晒すのはご法度《はっと》のはずなのだが、近藤は意に介した様子もなく筋骨たくましい体を日差しに晒している。

「いやあ、いい湯でした。熱い湯に入ると逆に涼しく感じてよいですねえ」

近藤と連れ立って入ってきた唯力の姿を認めた男は、ああ！　と声を上げた。

「唯力さん、三枡屋《みますや》にございます」

呼びかけられた唯力は、おお、と顔を上気させた。

「あれ！　三枡屋の藤吉《とうきち》さんじゃないですか。何してらっしゃるんですか、こんなところで」

こんなところ、という言い方に新右衛門はむっとしたものの、とりあえず捨て置く。

それはともかく、三枡屋と呼ばれたその男は、唯力に頭を下げた。

「助けてほしいのです」

○

唯力の長屋では少々手狭ということで、道場に通した。これは正解であったと言える。中では、三枡屋、唯力、近藤、又三が車座で膝を突き合わせた。長屋の屋根は薄く熱がこもりがちだ。男五人がひしめいていては暑くて話をするどころではあるまい。道場の天窓を開いて回ると、新右衛門も車座に加わった。

「では……」道場の中に吹き抜ける涼しい風を浴びながら唯力が切り出した。「何があったのですか、三枡屋さん」

が、三枡屋はちらちらと新右衛門たちの顔を見て、言いにくそうに口を開いた。

「唯力さん、この人たちはいったい……」

「ああ、ご安心ください。この近藤助次郎さんは私の用心棒みたいな人です。で、そこにいる又三さんは厳しいですが筋の通ったことをおっしゃいます。で、この長屋の家主である紗六新右衛門さんは……。まあ取り柄はないんですけど、時々面白いことをしでかす人です」

「おい」

又三が身を乗り出したのを慌てて新右衛門が抑える。

腹立たしいのも事実だったが、それ以上に『面白いことをしでかす』という評が興味深かった。そんなつもりはなかったからだ。

いずれにしても、それで納得したのだろう。三枡屋が頷いた。

その時だった。道場の戸が開いた。

「こんにちは。新右衛門様は……。あれ？　お客様ですか？」

入ってきたのは稽古着姿の智佐であった。満面に笑みを湛《たた》えているものの、男五人が膝を突き合わせる様を怪訝《けげん》に思っているのか、顔が曇っている。

「あれ、智佐殿。今日の稽古は午後からですよ」

新右衛門の言葉に、智佐はさらに眉根を寄せる。

「いえ、午前中に……とのことでしたよ。――けれどお客様がおられるみたいですし、出直します」

「いやいや、拙者《せつしや》の勘違いなら申し訳ありません。稽古をしましょう」

新右衛門が立ち上がって招き入れると、智佐は嬉しげに道場に上がり込んだ。

唯力たちが何を話すのか気になって仕方がないが、縁がなかったと諦めよう。そう心に決めて車座から離れると、顔を上気させて華やいだ笑みを浮かべる智佐に向き合った。

「では智佐殿、まずは基本五行《ごぎよう》の型稽古から……」

智佐の前に立ち、組み手の型稽古を始めた新右衛門であったが、唯力たちの様子が気になってしまう。組み手の最中も意識はなんとなく道場の隅で何やら話し込んでいる男たちの方に向いてしまう。

輪に入って話が聞きたい――。

その時だった。

「えい！」

ごり、という音が耳の奥でした。最初、何が起こったのかよく分かっていなかったものの、慌てて意識を目の前の智佐へと向け直す。

蒼い顔のまま拳を突き出す智佐、そして右頰に走る激痛。ということはつまり――。基本の型である五行の型の一つ、〝火の上段〟における正拳突《せいけんづ》きを思い切り食らってしまったのであろう。本来〝火の上段〟は相手の正拳突きを掌《てのひら》で受けてから型が派生するのだが、意識を向こうにやっていたせいで受け損なってしまったのであった。

「す、すみません！」

智佐が頭を下げようとするのを押し止《とど》める。

「い、いえ……、いい正拳突きです。ここまで鋭い突きはそうそう打てるものではありません。智佐殿、稽古が進んできましたね……」

師範らしいことを言ってみたものの、火に焙《あぶ》られたように頰が熱い。

「さあ、稽古を続けましょうか」

そう声をかけたものの、智佐は、はあ、と息をつき、恨みがましい目を車座の男衆に向けた。

「新右衛門様、別にいいんですよ。無理してお相手してくださらなくても。さっきから新右衛門様、あっちの話に気を取られているみたいなんですもの。わたしのことはいいですから、あちらに混じってください」

少し頬を膨らませて智佐はそう言った。

「いいんですか⁉」

「はい、しょうがないですもん」

視線を脇に向けた智佐を尻目に、新右衛門はまた男たちの輪に加わっていった。どうやら話はまだまったく始まっていないようであった。唯力がこの前の汲み取り料の話や菅森一家の話などをして盛り上がっていたらしい。折しも新右衛門が戻ったその時、ようやく話は本題に入った。

三枡屋が人の好《よ》さそうな顔を緩め、頭を下げる。

「ここにいる殆《ほとん》どの皆様はお初にお目にかかることと思います。いや、もしかしたら、町ですれ違っているかもしれませんな。私は、両国回向院前の岡場所《おかばしよ》の主、三枡屋藤吉でございます」

「岡場所？」近藤が首をかしげる。「なんだそれは」

「もしかして近藤殿、江戸暮らしは短いのですか」

唯力が水を向けると、近藤は胸を張った。

「ああ。わしはずっと諸国をめぐっての武者修行であったからな」

「なら、飯盛宿《めしもりやど》はご存じでしょう。ああいうものの一種だと思っていただければ」

唯力の説明に三枡屋は少し嫌な顔をした。

「いや、飯盛宿と一緒にされては……」

貧乏御家人《ごけにん》の新右衛門でも、江戸の華やかな世界のことは噂程度に知っている。というか、若い男子ならば興味があってしかるべきだろう。

傾城《けいせい》、吉原遊郭《よしわらゆうかく》。唯一の官許遊女街であるそこは、夜更けになっても明かりが消えることはなく、男の欲望と女の色が混じり合う優雅な遊び場だ。新右衛門も一度物見遊山《ものみゆさん》で見に行ったことがあるが、顔にきめ細かな白粉《おしろい》を塗った女たちが格子の間から長い煙管《キセル》を差し出してくるあの光景は未だに瞼《まぶた》の裏に焼き付いている。

江戸には吉原以外にも遊び場がある。岡場所だ。

御公儀の許しはなく、門前町や盛り場に半ば自然に興った遊郭だ。吉原とは違い大仰《おおぎょう》に商売ができないため華やかさでは引けを取るものの、その分安く遊ぶことができるし、女たちが顔に白粉をせず地肌を晒しているのが素人《しろうと》っぽくてそそる、と江戸庶民には人気だ。先ほど話に出た飯盛宿というのはその変形で、宿場ごとに置かれた事実上の遊女屋のことで、江戸の岡場所を知らずとも、飯盛宿を知っていれば大体当たる。

三枡屋の口ぶりから察するに、どうやら岡場所と飯盛宿にも外側からは分からぬ格の違いがあるようだ。同じ禄《ろく》の武士でも、役付きと小普請組《こぶしん》では意味が違うのと一緒だ。合点した新右衛門は三枡屋の話の先を待った。

三枡屋は揃えた膝の上に手を乗せた。

「回向院前の岡場所は、私どもが言うのはなんですが、なかなかに栄えておりましてね。それこそ最近では吉原にも負けない遊び場と自負するものなんですがね」

回向院は両国の東河岸にある。江戸庶民が唯一通行料を払わずに通ることができる両国橋があることもあって、この界隈《かいわい》は毎日人でごった返している。回向院周りには芝居小屋や見世物小屋などが常時並んでおり、そうした客を見越した茶屋や食い物屋が軒を連ねる。そして、回向院の門前の手前辺りに、一夜の夢を見る不夜城が妖しい光を放ちながら男を待っているのだ。

「ご自慢はさておき。で、岡場所で何かあったんですか」

「ここのところ、ちょいと嫌がらせがありましてね。岡場所に来たお客たちに、『別嬪《べっぴん》がいる見世がある』って声をかけて、茶屋に案内した後、『いい女がちょっと空いてないみたいだから、賭け将棋でもしようじゃないか』と切り出す。で、最初は客に花を持たせるものの、そのうち本性を出してこてんぱんに負かしてしまう。で、最後には尻の毛まで抜く、って野郎が出るようになってしまったんですよ」

「賭け将棋で金を巻き上げる、と。どこにでもありそうな話ですねえ」

唯力の言う通りだ。こんな話、盛り場にはいくらでも転がっているだろう。あまりに古典的な手ですらある。

だが――。又三が新右衛門の思うところを口にした。

「あまりに稚拙な手だと言わざるを得ないのでは……。今時、こんな手に引っかかる者がいるとは信じられませぬが」

賭け将棋という賭博は実力さえあれば勝ち負けを自在に操ることができる。初対面の相手に賭け将棋をしようなどと言われて頷く奴など、とんだ阿呆《あほう》か世間知らずだ。さすがに世情に疎《うと》い新右衛門ですら警戒するだろう。

三枡屋は弱り顔をして首を振った。

「私もそう思ったんですが、あまりにこの手に引っかかる者が多すぎるのですよ。しかも、うちの手の者を使って調べ回っているんですが、網にかからない。岡場所の人間を見破ることができるようでしてね」

「このまま野放しにしていては運営《やりくり》に支障をきたす。そんなところでしょうか」

「おっしゃる通りで。岡場所の皆々が困っておりましてね。うちの評判に関わりますし、さりとてお上に届け出るわけにもいきませんからねえ。なので、以前見世を助けてくださった唯力さんにご相談をと……」

顎《あご》に手をやっている唯力であったが、三枡屋に薄く微笑《ほほえ》みかけた。

「もちろんやらせていただきます。三枡屋さんはお得意様ですからねえ」

三枡屋は大仰に床に手をついた。

唯力はしばらく思案し、考えがまとまったのか口を開いた。

「となると、囮《おとり》を使うしかありませんかね……。近藤さん。大変申し訳ありませんが、今日の夜、ご助力お願いしますよ。その代わり、ちょっとした手当はつけますので」

「心得た」

近藤が頭を下げるのを見やった唯力は、目を新右衛門たちに向ける。

「新右衛門さんたちも、ご協力くださいね」

「え、なぜ拙者たちが」

戸惑う新右衛門に、唯力は人の心を見透かしたかのような笑みを向けた。

「だって新右衛門さん、日々退屈しているんでしょう？　なら、ちょっとした暇潰《ひまつぶ》しにはなると思いますよ」

心《しん》の臓《ぞう》を貫かれたような心地に襲われた。

そう。日々の暮らしに飽き飽きしている。平穏無事で、いつ終わるとも知れない、このぬるま湯地獄に。

口では「なぜ」などという言葉がついて出ていた。だが、武者震いしているというのが実際のところだ。

この退屈な日々から抜け出させてくれるなら——。

結局何の異存もない。

「分かりました。ご助力しましょう」

曰《いわ》くありげに口角《こうかく》を上げ、唯力は頷き返してきた。

かくして話が終わると、新右衛門は立ち上がり、道場の壁際に寄りかかって腕を組み、そっぽを向いていた智佐に駆け寄っていった。

「お待たせしました。これでお終《しま》いです。さて、これから組み手の練習を——」

だが、智佐はそんな新右衛門の言葉を途中で遮《さえぎ》った。

「わたし、今日はもう帰りますね」

「へっ。どうしたんですか」

「いえ、別に」

新右衛門と目を合わせようともせず、身の回りのものをまとめた智佐は、ちょこんと頭を下げて道場から出て行ってしまった。

昼間とはいえ、さすがに女人《にょにん》を独り歩きさせるわけにはいかない。又三に命じて同道させた。

どうしたのだろう？　突然の気まぐれに首をかしげた。

思えば、午後からの稽古だというのに昼前にやってきたり、今日の智佐は少しおかしい。たぶん夏の熱気に当てられているのだろう、そう独《ひと》り言《ご》ちながらも、新右衛門は今日の夜のことで胸がいっぱいになっていた。


「で……」

その日の夜、新右衛門たちは両国東河岸の回向院界隈に足を踏み入れていた。

「なぜ、拙者がこんな格好をしなくてはならないのです」

新右衛門の格好は唯力に用意してもらったものだ。夏だというのに袷《あわせ》の長着に羽織。裏地の色は浅葱《あさぎ》色、しかも丈が合っておらず少し脛《すね》が見えてしまっている。どう見ても文字通り浅葱裏の田舎者でしかなく、一応江戸の武士である新右衛門からすれば、こんな垢《あか》抜《ぬ》けない格好はさすがに恥の一言だ。

いつも通りに黒い着流し姿の唯力がにやにやしながら答えた。

「いえ、あなたは例の賭け将棋の男を釣るための餌なんです。そうすると、あなたが一番適任なんですよ。近藤さんは身の丈が大きすぎて相手に威圧感を与える恐れがある。かといって又三さんはなんとなくお武家さんっぽさがなくて抜け目がなく見える。新右衛門さんは、なんかこう、垢抜けない感じ……、もとい、芋《いも》っぽい風、もとい、騙《だま》されやすそうな……、もとい。とにかく、餌にはもってこいなんです」

これには近藤や又三も一様に頷いている。

解《げ》せぬ。

「唯力さんがやってもいいじゃないですか」

「いえ、私はこの通り、胡散臭《うさんくさ》さが立ち居振る舞いに出てしまうもので。……あなたみたいに、のんびりしているように見える顔っていうのは、商売上は利点になるんですよ。相手を余計に緊張させることはありませんから」

「──褒めているんですか？」

「褒めてますよ。嫌ですねぇ」

ケラケラと笑う唯力の言《げん》はとても信じられるものではなかった。

「というわけで、頼みますよ」

口では文句を言いつつも、心は反対に浮き立っている。

新右衛門は両国橋から夜の回向院界隈へと歩を進めた。

暫《しばら》くは役者の名前が大書された札が夥《おびただ》しい提灯《ちょうちん》の明かりに照らされている芝居小屋

が所狭しと軒を連ねている。だが、やがてその並びが途切れ、次には呼び込みの声が姦《かしま》しい見世物小屋の一帯へと変わる。寄ってらっしゃい見てらっしゃい、ここには身の丈七尺の大女がいるよ。そうある呼び込みが言えば、そっちが七尺の女ならこっちは首の長い女だよ、と別の呼び込みが応じ、人が行き交う往来に向かって声を張り上げている。なんとなく気もそぞろになるものの、今日はそこには用はない。新右衛門は辻を折れて奥まった裏路地に入った。

表通りの喧騒《けんそう》とはまた違った熱気がそこにはあった。小さな道に並び立つ二階建ての建物の格子から赤い光が漏れている。その向こうには、華やかななりをしながらも首回りにだけ白粉を塗った若い女たちが座り、その隅には年の頃四十ほどの女が愛想よく笑みを浮かべている。そして見世先で立ち止まる男を見つけては、

「そろそろうちで決めちまいなよ。いい娘《こ》がいるよ」

などと酒焼けした声で男を捕まえている。

近場だが、来るのは初めてだ。初めて足を踏み入れる回向院の岡場所の蠱惑《こわく》は、ねっとりとした湿り気を保ちながら新右衛門の首筋にまとわりついてくる。

誰とも目を合わさぬよう、それでもたまには格子の向こうに目を向けると、白粉を塗らずに地肌の顔を見せる女はめざとくこちらの視線に気づいて科《しな》を作ってくる。女のはかな

げな笑みが心地よい冷気となって新右衛門の背中に忍び込む。

そうしてしばらく、男どもでごった返す岡場所一帯を歩いていると——。

「旦那」

声を掛けられた。緊張を面《おもて》に出さぬよう努めて振り返ると、そこには男が一人立っていた。

葡萄《えび》色の羽織に茶色の長着という目立つ上に色合いが難しい組み合わせだが、それを瀟洒《しょうしゃ》に見せているのは洒落者《しゃれもの》の証だ。真っ黒の羽織紐は新川《しんかわ》という、遊び人が好んでする結びにし、腰にはなにも帯びず、飾り気がない代わりにつややかに磨き上げられている銀煙管を差している。だが何より、この男を印象付けるのは首回りの造作《ぞうさく》だ。武家髷とも町人髷ともつかぬ、言うなればその間のよいところ取りをしたような珍奇な髪型をしている。それでもあまり浮いたものを感じないのは、髪型がこの男の顔の造作に合っているゆえだろうか。細い顎に細い目。顔の部品一つ一つは狐のようではあるものの、なんとなく整っていない顔立ちのゆえに怜悧《れいり》な印象は受けず、どこか滑稽味《こっけいみ》さえ感じる。

「何か御用かな」

あえて居丈高《いたけだか》な言葉遣いを選ぶ。そうするようにと唯力から言われている。

目の前の葡萄色羽織の男は人の好さそうな笑みを浮かべた。

「いえね、女を買おうとしてらっしゃるんじゃないかって思ってね。老婆心ながら声をかけたんでえ。俺ァ実はここの人間でね。いい女を知ってるんだよ。どうだい、一緒に見世に行けばいい女をつけてもらえるんだが……乗らねえかい」

まさか、いきなり釣れるとは思ってもみなかった。心の臓が早鐘を打つ。努めてその動《どう》悸《き》を抑えつつ、手筈《てはず》通りの言葉を重ねた。

「あまり金がないのだが……」

「失礼だけど、旦那、今、どのくらいお持ちなんだい」

「一分《ぶ》」

一両の四分の一だ。

葡萄色羽織は大仰に笑った。だが、その顔に一抹の悲哀が混じったような気がした。

「そんだけあれば十分だよ。ここァ岡場所だぜ？　そんなに金がありゃ、格式を選ばなけりゃ吉原でだって遊べらァ」

「左様であったか」

新右衛門も岡場所の相場は知らなかったのだが、おおむねの話は唯力から聞いている。一分では、吉原で遊ぶには少々懐が寂しいが、岡場所で遊ぶには十分すぎる額だ、と。

目の前の葡萄色羽織の男は手を叩いた。

「そしたら旦那、茶屋遊びができるぜ」

「なんだ、それは」

「ほら、吉原なんかの遊び方ですよ。茶屋に姐《ねえ》さん――、いや、遊女を呼び出して遊ぶってやり方ですよ。本来岡場所ではやらねえんですがね、最近隠れてやっている見世があるんでさあ。実は、たまたま俺の知っている見世がそういうことをやっているところでね」

もちろん一分で十分収まる。そう男は付け加えた。

しばらく新右衛門は悩むふりをした。あえて焦《じ》らすように。だが、最後には鷹揚《おうよう》に頷いて見せた。

「では、お願いするとしようか」

「へい、かしこまりやした！　じゃあ、茶屋にご案内しやすぜ」

かくして、葡萄色羽織の男に連れられ、岡場所の裏路地から出て、しばし人でごった返す表通りを抜けた先にある角地の料理屋の二階に通された。塵《ちり》一つ落ちていない八畳ほどの一間には既に膳が二つ用意してあり、四つ並んだ燭台《しょくだい》の光に浮かび上がっている。ふと奥を見れば、表通りに張り出した赤塗りの欄干が窓に設《しつら》えてある。

「用意がいいな」

新右衛門は奥の膳の前に座り、吸い物の蓋《ふた》に手を掛けたものの、冷えているのかそのままでは開かない。椀を歪ませてやるとようやく取れた。

額面通りにこの男の言を信じることはできない。吸い物をすすりながら椀の縁越しに男の様子を観察する。新右衛門の心中の呟《つぶや》きなど知らず、男はやってきた女中からひったくるようにして銚子《ちょうし》を取り、ささ、と傾けてきた。膳の上にあった猪口《ちょこ》を取ると、男はそこに酒を流し込んだ。

「ささ、ぐいっと」

「一人で呑んでも興《きょう》が乗らん。あんたもやらんか」

「いいんですかい」

「ああ。構わぬさ」

男は幸せそうに笑って膳の上の猪口を手に取った。男から銚子を受け取ると、新右衛門は男の持つ空の猪口に注ぎ込む。そうして男二人が顔を突き合わせて一気に猪口を呷《あお》る。酒精の苦みと独特の香りが鼻先から脳天を突き抜けた。酒を呑むのは随分久しぶりのことだ。

「いや、いい呑みっぷりですなあ、旦那」

「え、ええ……。まあ」

少しだけ地の言葉遣いが出てしまったが、気づかれなかったらしい。男は眉一つ上げずに干したばかりの猪口に酒を注いできた。また男に注いでやると、男はくいっと一気に猪口を空にしてしまった。

男は無言でこちらを見てくる。呑め、という謂《い》いだろう。一杯目が入った時、もう既にいい気持ちになっている。だが、ここで呑まぬわけにもいかない。新右衛門は男に促されるがまま二杯目の猪口を空にした。

「はは、すげえ呑みっぷりですねえ、旦那。ちょっと楽しくなってきちまったよ俺ァ」

三杯目を注がれそうな気配があった。このまま呑まされ続けては体がもたない。慌てて話を振る。

「そういえば、女はどうした？」

「あ、それがね、旦那、今ちょびっと忙しいみたいで。一刻《いっとき》ほどお待ちいただく格好みたいなんでさあ」

「別に空いている女でいいが」

「それが」葡萄色羽織は二階の欄干越しに、表通りの喧騒を見やる。「この人出でしょう？　見世の女たちがみんなお客とねんごろみたいで」

話通りだ。

どうにかならぬか、と水を向けると、男はしゅんと肩を落とした。

「いや、すまねえ。いい女たちだからねえ。見世に立つとすぐ客がついちまうんですよ」

「構わぬさ。夜は長い」

鷹揚を演じると葡萄色羽織はほっと息をついて見せる。その仕草は演技《しばい》がかっていて、どこかこの男の存在そのものさえ嘘臭く感じさせる。

「まあ、あと一刻ほどの辛抱でさあ。あ。じゃあ、俺の芸を見ていただきましょうかね」

「そんなものがあるんですか……あるのか？」

慌てて言い直す。しかし葡萄色羽織はそれに気づいた様子もなく、自慢げに頷くや、空の猪口を手に取った。そして閉じたままの扇子を額の上に乗せて直立させると、その端に猪口を重ねて巧みに均衡を取った。

「よっ、ほっ、はっ」

「おお、すごいじゃないか」

本心だった。たまにこれを木刀でやる者がいるが、その切っ先に何か乗っけるなんて芸当ができる者はそうはいない。

葡萄色羽織はそのままで立ち上がり、そのまま舞い始めた。それも盆踊りのような雑なものではない。優美なその舞は、祭りの神楽《かぐら》の時に見た能や狂言を思わせる。しかし、その完璧な舞の合間に、あと少しで猪口を落としそうになるような危険な場面を作る。危ないのではない、危ない振りをしているだけだ。それが証拠に、正中線《せいちゅうせん》は一切乱れていない。馬律流でも口を酸っぱくして言われるのがこの正中線の保持だ。この男、どこかで舞でも学んだに違いない。

一曲分の舞を終えると、男は額に乗せていた扇子と猪口を取って恭しく一礼をした。

「見事だな」

「へえ、まあ、ほんの手慰《てなぐさ》みみたいなもんでして。——おっと旦那、猪口が乾いてますぜ」

抜け目がない。結局また酒が満たされる。

猪口に口をつけるふりをして、目の前の膳の香の物をかじった新右衛門は、まるで酔った風のない目の前の男の一挙一動を見逃さぬよう、それとなく視線を向けていた。

男は満面に笑みを湛えて、部屋の隅に置かれていた二つ折りの将棋盤をさりげなく開いた。

「旦那は、将棋をやられますかい」

将棋。来た、と新右衛門は唸《うな》った。心の臓の鼓動が大きくなるのを自覚しながらも、心中の動揺を悟られぬようにそっけなく応じる。

「ああ、ほんの少し、たしなむ程度だが……な」

駒を盤の上で広げた男は、最初の位置に並べ始める。

「じゃあ、将棋でもして時を潰《つぶ》すとしましょうや」ふいに葡萄色羽織が乾いた声を発した。「やっぱり勝負事は、しっぺ返しがないと燃えないからねえ、金でも賭けますかね。——おや旦那、俺の顔に何かついてますかい」

「なんの話だ」

新右衛門の肚《はら》の底に冷たいものが走った。

「おっかない顔をしておいでだなあと思いましてね」

ゆっくりと酒を呷った男は、まるで謳《うた》うように続け、目を冷たく光らせた。

「お武家さん、あんた、江戸の人だよなあ。ところどころに江戸の言葉が混じってる。そのくせ、絵に描いたような浅葱裏の格好だ。江戸の人間が、あえて田舎者の格好をしてるってのはどうしたわけだろうな」

新右衛門の猪口を傾ける手が思わず凍った。

この男、まさか……。

男はこちらをねめつけるように見据え、猪口を床の上にとんと置いた。

「ってことは、だ。あんたはここの岡場所の連中に雇われた犬ってことかね」

「だとしたら、どうします」

もはや白《しら》を切る必要もあるまいと判断して、いつもの言葉を用いる。にたりと短く笑った男は乾いた声を発した。

「はは、決まってら。逃げさせてもらうぜ」

宣言してからの男は速かった。やにわに立ち上がって裾を払うと欄干に向かって駆け出した。その裾を取ろうとしたものの、指の節一本分届かない。

跳躍して膝を抱えた男は開け放たれた窓の、二階の欄干を蹴って表通りに降り立つや、人の波を押しのけて両国橋方面へと逃げていった。

欄干から身を乗り出した新右衛門はそこから叫んだ。

「逃げられちゃいました！　追ってください！」

裏路地に潜んでいた近藤や又三が表通りに現れ、事態に気づいたのか人波をかき分けて両国橋方面に駆けていく。

自分も追いかけなくてはならない。酒精でぼうっとしている頭を振りながら、新右衛門は女将《おかみ》と思《おぼ》しき老女に止められた。顔の長い、やけに口紅の赤が浮かんで見える女将はこの支払いを口にした。

「そりゃそうですよ、お客さん。呑み食いしたんですから、その分はお支払いいただかないと」

「あの連れが払ったんじゃないんですか」

「いいえ。後払いだって言われてましたから」

してやられた。だが、この女将も何か知っているかもしれない。

「ところで、あの人はいったい何者なんですか」

「さあ。今日初めて来たお客さんですよ。昼に店に来て、〝夜、お客さんと呑みたいから一席用意しておいてくれ〃と頼まれたもので」

「名前は聞いていますか」

「ええ、確か、龍王《りゅうおう》とお聞きしてますが」

あからさまな偽名だが、もしかしたら手掛かりになるかもしれない。

「で、お支払いいただきたいんですけど。全部で二朱《しゅ》」

一分の半分だ。表通りに面した料理屋の二階で膳と酒を二人で呑み食いすればそれくらいの金は吹っ飛ぶ。仕方なく、持ってきていたなけなしのへそくりで支払って、ようやく新右衛門は店から解放されたのであった。

「なるほど、ね」

次の日、紗六家の道場で昨日の反省会がもたれた。唯力、近藤、又三に新右衛門。皆一様に顔が暗い。しかし、一番深刻だったのは新右衛門だ。頭ががんがん痛む。明らかに昨日の酒のせいだ。思えば貧乏暮らしが長くて酒を口につけたのも随分久しぶりのことだった。

こめかみを揉《も》みながら、新右衛門は昨日知り得た話を披露した。

「面目ない」

「いえいえ、今回は皆しくじったわけですから。で」唯力は近藤たちに目をやった。「お二人は、あの男を追いかけたんですよね。その後のことは……」

口を開いたのは又三であった。

「ああ、追いかけた。だが、恐るべき逃げ足ゆえ、近藤殿も俺もついてゆくのが精いっぱいだった。両国橋を西に逃げた後、北の道沿いに駆けていったゆえ、我々もその後を追ったのだが……吉原の見返り柳辺りで見失った。で……」

又三は忌々《いまいま》しげに葡萄色羽織を取り上げた。

「これを拾った次第だ」

「なるほどねえ。両国から吉原までなんて結構な距離でしたが、ご苦労様です。それにつけても、葡萄色の羽織とは」

「それに何かあるんですか」

「ええ、大ありですよ。新右衛門さん、今、あの男の顔を思い出すこと、できますか」

言われて愕然《がくぜん》とする。思い出すことができない。対峙《たいじ》した時には顔を覚えようと必死であったはずなのに、今ここに至ってみると、葡萄色の派手な羽織だけが記憶に残っている。

「なかなか考えられていますよ。派手な葡萄色の羽織が隠れ蓑《みの》ってことです。それを脱いでしまえば、印象のほとんどは失《う》せてしまう。まったく、予想以上の難物です」

口ぶりの割に、唯力はひどく楽しそうに笑っている。

残っている葡萄色の羽織には、あの男を物語るものは何一つ残っていない。手に取って見てみると、肩や袖口がかなりへたれている。恐らくは古着屋で買い付けたものだろうが、江戸には古着屋など佃煮にするほどある。この筋から調べるのは難しかろう。

打つ手なしか？　意気が沈む中、ふいに近藤が鼻をひくつかせた。

「む？　もしや……。ちょっとすまぬ」

葡萄色の羽織を手に取った近藤はそれを鼻先に突き付けた。そうしてしばらくくんくんと匂いを嗅いでいるうちに、何かに気づいたように顔を上げた。

「何やら、よい匂いがするぞ」

「え……？」唯力は思い切り顔をしかめた。「汗臭そうですが……」

「いや、間違いない。だが……？」

恐る恐る新右衛門も鼻先を近づける。古着特有の黴《かび》臭さが鼻をつくものの、しばし我慢して嗅いでいると花のような甘い香りを感じ取れた。だが、なんの匂いなのかまでは分からない。

手詰まりだ。四人で唸っていると、道場の戸が開いた。

「こんにちは」

「え、あれ？　智佐殿！　今日はどうして？」

道場の入口に立っていたのは智佐であった。稽古着姿ではなく、いつもの青い小袖姿ではあったが。

履物を脱いで道場に上がり込んだ智佐は、少しむくれながら答えた。

「ええ、今日はお茶のお稽古なんです。それでちょっとここに寄ってみたんですが、お邪魔だったみたいですね」

「いえ、そんなことはないですよ」

それにつけても智佐殿はお稽古事が好きなんだなあ、と場違いな感想を抱いていると、智佐は男たちの輪の中心にある羽織に気づいた。

「その派手派手しい羽織はなんですか？」

「昨日、ある人が落とした羽織なんですけどね……」

「へえ、昨日岡場所で、会った人の？」

智佐の視線はどうしたわけか冷ややかだ。どう答えたらいいものか悩んでいると、唯力が助け舟を出してくれた。

「智佐さん、今日も朝顔のようにお綺麗ですねェ。——ちょっと申し訳ないのですが、この羽織の香りを嗅いでみてもらっていいですか」

「香りを？」

「ええ、人助けだと思って」

「男物の羽織の匂いなんて……。でも、分かりました」

智佐はその綺麗な鼻先を羽織に近づけた。しばらくすんすんと音を立てて嗅いでいるうちに、やがて智佐にも思い当たるものがあったのか、あ、と口を開いた。

「これ、白粉の香りよ」

「白粉？　本当ですか」

「わたしの三味線の先生がびっくりするくらい白粉を使う人だから分かります。この甘い香りは、たぶん先生の使っているのと同じ砂金屋《いさごや》さんの白粉のはず……」

新右衛門ですら耳にしたことがある老舗の白粉屋で、大店《おおだな》のお内儀や大奥の女ご用達の店だ。一点で長屋ひと月分は優に飛ぶ高級品だが、智佐の三味線の師匠はよほど儲《もう》かっているものと見える。

　唯力は新右衛門に向いた。

「新右衛門さん、あの男、白粉なんてしてましたか」

　顔すらもおぼろげだが、もし白粉など塗っていたらさすがに覚えているはずだ。ということは、使っていないと考えた方がいい。

「岡場所で白粉の匂いがついたのではないか」

　近藤の言を唯力が否《いな》む。

「いえ、それはあり得ませんね。岡場所の女たちは地肌が売りですよ」

　新右衛門は格子越しに見た、血色のよさそうな顔をした女たちの顔を思い出していた。と同時に、あの男の言も蘇《よみがえ》る。

「そういえば……」

「何かお気づきの点でもありますか」

「関係あるかどうかは分かりませんけど、あの男、遊女のことを〝ねえさん〟って呼んでいたんです」

　近藤が腕を組む。

「姉が遊女になっているのか」

「違いますよ、きっと」唯力はにべもなく切り捨てた。「たぶん、女偏に且《か》つ、っていう字を書くほうの〝姐さん〟ですよ。なるほど、見えてきましたね」

「本当ですか」

「ええ。十中八九、あれは吉原の男ですよ」

「なぜです」

唯力はその理由について話した。

姐さん、というのは、吉原の男たちが遊女に使う呼びかけだ。男の羽織からわずかに白粉の香りがするのは、吉原遊女が顔に白粉を塗っており、彼女らと接しているうちに匂いが移ってしまったからだ。見返り柳の辺りで羽織を脱ぎ捨てたのは、吉原の雑踏に紛れるため。

確かに。そう考えれば辻褄《つじつま》は合う。

「ってことは、今日は吉原に繰り出すしかなさそうですね」

「合点」

近藤が大きく頷いた。

その時、智佐が、ふん、とこれ見よがしに鼻を鳴らした。皆の視線が智佐に集まる。

「わたしはこれからお稽古なんで失礼しますね。それじゃあ、お邪魔しました」

なぜか頰を膨らませながら戸の向こうに行ってしまった智佐は、壊さんばかりの強い勢いで戸を閉めていった。

「ここのところ智佐殿、ご機嫌斜めだなあ……」

どうしたのだろう。家で親子喧嘩《げんか》でもしているのだろうか。そう首をかしげていると、飼い主に捨てられて雨の中町じゅうを彷徨《さまよ》った挙句、溝《どぶ》に落ちた子犬もかくやの目をした近藤が顔をしかめ、苦々しく口を開いた。

「わしも結構な野暮《やぼ》だが、そなたも相当のものだと思ってな」

「へ？」

「いや、分からんならいい。言うてやる義理もない」

座を見やれば、又三は複雑そうに顔をしかめているし、唯力なども、楽しそうに頰を緩めてこちらを見やっている。

「な、なんですか皆さん」

じっとりとした目でこちらを見据えてくる三人にただならぬものを感じたものの、誰も新右衛門の問いには答えてくれない。

唯力は手を叩いた。

「それはともかく、今夜は吉原で聞いて回りますよ。いいですね」

ともかく、次の行動は決まった。

智佐の不機嫌振りは腑《ふ》に落ちないが、今は相手をしている場合ではない。新右衛門は唯力の説明に耳を傾けた。そんな最中、唯力がぼそりと、

「吉原か……。嫌だなあ」

と呟《つぶや》いたのを、新右衛門は聞き逃さなかった。


夜の吉原はさながら竜宮城のようだ。鯛《たい》や鮃《ひらめ》の舞踊りはさすがに見ることはできないものの、大路《おおじ》には身なりのいい男たちが幇間《ほうかん》を連れて闊歩《かっぽ》し、格子の向こうではどこか人の色さえこそげ落とした美しい女たちが口角を上げている。すっかり日は暮れているというのに、提灯などなくとも歩けるほどに明るい。

大路を曲がり、小路《こうじ》に入っても未だにこの街は明るい。表通りの大茶屋や大見世の華やかさには勝てないものの、小路にも中見世が軒を連ね、大見世の遊女とも遜色《そんしょく》のない女たちが格子の向こうからこちらを見据えてくる。

物見遊山半分に眺めていると、唯力に笑われた。

「おやめなさい。田舎者だってバレてしまいますよ」

「拙者、江戸っ子なんですが」

「だったらなおのこと、しゃんとしたほうがいいと思いますよ」

吉原の街並み、そしてそこに集う御大尽《おだいじん》たちの姿。どこかしみったれた江戸の町のどこにこんな男女がいたというのだろうか。悪所にあまり食指の動かない新右衛門でも、その華やかな色に圧倒されていた。

又三が小首をかしげた。

「気のせいか。以前よりも活気がない。以前はまっすぐ歩けないほどの人出であったはず」

前を歩く唯力は軽く振り返り、眉をひそめながら頷いた。

「ええ、おっしゃる通り。今、吉原はあんまり景気がよくありません。吉原は元々お武家や大名を相手にしていたんですが、それがために複雑な作法があって敬遠されているんです。気安い岡場所とか飯盛宿が今は人気です」

確かに道行く男たちを見れば、道をぶらぶらしているばかりで見世に入ろうとする者が少ない。あの名にし負う吉原をいざ目に留めんとばかりに目を輝かせる浅葱裏ばっかりだ。

後ろを見れば、近藤や又三なども格子の向こうの女たちに鼻の下を伸ばしている。確かにこの体《てい》たらくは見ていて面白いものではない。人の振り見て我が振り直せ、の格言の通り、前を向いてしばらく歩くうち、唯力は不意に足を止めた。

「さて、ここですかね」

吉原の街にあって、この建物は異様の一言だった。通りに面している建物の多くは格子があって中に遊女を置いている置屋か、あるいは遊女を呼んで豪遊する茶屋か、そのどちらかだ。どちらにしても客を迎え入れるような雰囲気のある店構えをしているのが常だが、この建物は人の出入りを拒絶しているかのようだ。入口の戸は重く閉ざされ、中の様子を窺《うかが》い知ることはできない。さながら、楽しい酒の席の隅っこでちびちびと酒を呑み不機嫌そうに顔をしかめる客のような雰囲気を湛えながらでんと構える建物は、あからさまにこの街のありようから浮いている。

物怖《ものお》じする様子もなく、唯力は戸を叩いた。

「どうもー、唯力です」

声をかけると、戸が開いた。中から現れたのは、額から左目にかけて大きな古傷のあるこわもての大男だった。

思わず新右衛門はたじろぐ。

大男は唯力の顔を見るや、顔色一つ変えずに頷き、顎をしゃくってきた。入ってこい、という謂いだろうか。唯力が中に入ったのに従い、新右衛門たちも後に続く。

建物の中は土間がずっと続いていて、そこに酒樽で作られた椅子や粗末な机が並び、奥には莫蓙《ござ》が敷かれている。だが、ここにたむろするのはお世辞にも柄がいいとは言えぬ連中であった。ある者は指が何本かない。またある者はこれ見よがしな古傷が顔に走っている。またある者はむせ返るほどの殺気を放ちながらちびちびと酒を呑んでいる。

奥の酒樽の椅子にまたがり、腕を組む中年男が、ふいに声を上げた。

「おお、若旦那じゃねえか。久しいな」

地の底で唸るような、それでいてからかうような声だった。

「今は若旦那なんてもんじゃありませんよ。それはそうとご無沙汰してます」

中年男は、おとなしい色の着流し姿で、大小を差しているだけの浪人のなりを取っている。でっぷりと太り、がっしりとした肩幅などはいかにも腕っぷしが強そうだ。

中年男は新右衛門たちに怪訝な目を向けた。

「なんでえ、こいつらは」

「いえ、私の長屋の大家さんとその中間《ちゅうげん》、あとは私の用心棒です」

「へえ、一匹狼のあんたがねえ……。人っていうのは変わるもんだ。まあいい」中年男は唯力越しに名乗りを上げた。「俺は峠《とうげ》の之八《これはち》。吉原で仲裁屋をやってる」

「仲裁屋？」

唯力の教えてくれたところによれば――。

吉原は御公儀によって認められた遊女街であるが、町方役人たちの手は届かず、町名主たちの自治に任されている。善悪定かならぬ者たちが数多く入り込み蠢《うごめ》いているゆえ、他の町よりもよほど治安に気を遣うというのに、だ。そこで、吉原の見世の主人たちが金を出し合って仲裁屋と呼ばれる人々を雇い入れているのだという。

峠の之八はげらげらと粗野に笑った。

「そう言えば聞こえはいいが、要は吉原の掃除屋さ。ここは綺麗なもんも汚いもんも一緒くたに流れてくる岬みたいな場所なもんでね。俺たちみたいな掃除屋が汚いもんを始末しねえと、この街の清浄は保てねえのさ」

背中に冷たいものが走る新右衛門の横で、唯力は気負った様子も萎縮する風もなく、自然体に口を開いた。

「今日は仁義を切りにお邪魔したんですよ」

唯力は事情を話した。かくかくしかじかの理由で、ある男を追っている。どうやら吉原に逃げ込んだらしい、ついては調べ回るのを許してはくれないか……と。

峠の之八は少し顔をしかめた。

「なるほど、岡場所にちょっかい出している野郎がこの吉原にいるってェのかい。そりゃいけねえな。堅気の客を騙そうッてェのは筋が悪い。そんな奴が吉原にいちゃァ、商売あがったりになっちまうな。そいつの人相を教えてはくれねえかい」

「人相は見逃してしまったのですが、これを落としていきました」

葡萄色の羽織を見せる。之八の表情は変わらない。心当たりがないのかあるのか、その辺りの機微さえも測ることができなかった。

「他にはないのかい」

「実は、この程度しかありませんで。……之八さん、我々でこの男を探してもいいですかね」

「おう、もちろんだ。煮るなり焼くなり好きにするがいいさ。あんたらの言うことが本当なら、旦那衆だって同じことを言うだろうよ」

「そうですか。安心しました。ありがとうございます」

これで話は終わりだった。唯力たちは表へと出た。

淀《よど》んだ空気の満ちる建物を後にして、十分に建物から離れた段になって、前を向いたままの唯力が小声で言った。

「新右衛門さん、さりげなく後ろを見てください」

言われた通りにすると、さっきの建物から男たちが何人も表に飛び出し、裏路地へと消えていくのが見えた。あれは……。

「きっと、吉原の掃除屋さんも、あの男を探そうとしています」

「なんでですか」

「吉原者が何か外で悪さをしたとなれば、町方役人や寺社奉行が調べにやってくることもあり得ますからねえ。吉原は昔から外の介入を嫌います。外から厄介ごとを持ち込んだ人間は、例外なく鉄漿溝《おはぐろどぶ》に浮かべてしまうんですよ。あの人たちに任せておけば、きっと明日までにはすべて終わってます」

「ってことは、これでお終いですよね」

「いいえ、これからが大変なんですよ」唯力が言った。「あの人たちよりも早く、件《くだん》の男を見つけなくちゃなりません」

「なんでですか。後は任せれば――」

「もちろん、三枡屋の主人からは事が解決すればよいと言われています。あの男がいなくなればそれでよし、というのは分からないではないのですが、なんとなく納得がゆかないのですよ」

「それはどういう意味です？」

「なぜ彼がこんなことをしたのか、これが分からないと、寝覚めが悪いじゃないですか」

新右衛門の心中には疑問ばかりがとぐろを巻く。

「じゃあ、どうして之八さんにあんな話を？」

「いや、吉原で人探しをするからには彼らに話を通さなくちゃなりません。そうしないと、明日鉄漿溝に浮かぶのは私たちですよ」

あの怖い人たちに話を通さないことにはどうしようもないものの、通した瞬間に彼らも動き始めてしまう、ということだ。

「じゃあ、これからどうするんですか？」

「何、そう難しいものでもありませんよ。あえて私は彼らに伏せている札があります。この札から辿《たど》っていけば、すぐに目的の人に行き当たるでしょう」

伏せている札？　又三が、ああ、と唸る。

「ああ、白粉の香りと、遊女を〝姐さん〟と呼んだということか」

「それだけじゃありません。新右衛門さんが見てきた、扇の芸です」

又三が首をかしげる横で、唯力は言葉を重ねる。

「例えば又三さん、額の上に扇を立ててその上に猪口を乗せて……なんて芸当、できます？」

「できるわけがないだろう」

「新右衛門さんによれば、奴はその上に踊りまで披露したとか。それほどの芸の持ち主です。吉原の人間でしかも芸達者な男……、といえば」

「なるほど」

又三には思い当たる節があったらしい。

だが、新右衛門にはまだ答えが見えない。どうやら近藤も同じ様子であった。

「結論が見えぬ」

「なら、ここで明らかにしましょう」

足を止めた唯力が見上げたのは、格子のない建物であった。けれど、入口の戸には『いせや』と染め抜かれた紺の暖簾《のれん》が掛けられ、店先は箒《ほうき》で綺麗にはかれている。唯力が戸を開くと、中から威勢のいい女の声がした。

「いらっしゃいませー。ってなんだ、唯力ちゃんじゃない」

「どうも、女将さん」

新右衛門が暖簾をくぐった時には、既に四十がらみの女が上がり框《がまち》から唯力に抱き付いているところだった。懸想《けそう》の相手にするものというよりは、小さな子供相手にするような、遠慮のない抱擁であった。

しばらくすると、その女は新右衛門たちに気づいた。

「あれ、唯力ちゃん、この人たちは?」

「すみません。今日はあんまり時間がないんです。なので、単刀直入に。私たち、ある幇間を探しているんです。この葡萄色の羽織を着ている男なんですが、女将なら分かると思って」

そうか。ようやくあの男の正体に気づいた。

あの男は男芸者、すなわち幇間なのだ。幇間はおべんちゃらやお座敷芸などの陽気で俗な芸に秀でた者が多いが、隠し芸として三味線や舞などを修めている者もいるという。

二階に続く階段から三味線の音《ね》が聞こえる。ここは芸者の置屋らしい。

女将は葡萄色の羽織を見て、思い当たるものがないようで、小首をかしげている。

「ご存じないですか？　額の上に扇子を立てて、その上に猪口を乗っけて舞うのが得意な幇間です」

「吉原の幇間にはそれくらいの芸達者はたくさんいるからねえ」

「なんでもいいんです。気づいたことがあれば」

「と言われてもねえ」

女将は煮え切らぬ顔をしている。

そんな中、ふと、新右衛門はあることを思い出した。

「〝龍王〟……！　あの男、自分のことを〝龍王〟って名乗っていたんですよ」

「初耳ですね」

「すみません、てっきり偽名だと思っていたんです」

「でしょうね。龍王っていうと、神様の名前か、あるいは将棋の駒の名前ですから」

早口にそう述べた唯力の前で、女将は口をあんぐりと開けた。

「将棋？　それってもしかして……！」

「思い当たる節がありますか！」

「四平《しへい》っていう子がいてさ。うちの子じゃないんだけど、何度か会ったことはあるのよ。幇間としちゃ一流で芸者仲間からも知られているんだけど……、あんまり評判がよくなくってねえ」

女将の語るところによれば、その四平なる幇間はお客受けこそよく宴《うたげ》へのお呼ばれは多いのだが、普段の態度が世捨て人同然なのだという。

「幇間は結局酒を呑む仕事でしょう？　それで体を壊す人間も多いから、店の子にはあんまり普段は酒を呑むなって教えるもんなのよ。四平のところの旦那もそう教えているはずだけど、あの子にはさっぱり。毎日浴びるように酒を呑んでるみたいよ」

顔を見合わせた。

「元々、あの子は将棋で身を立てようとしていたみたいだけど、それが叶《かな》わなくなっちゃってこっちに来たんですって。本人は飛車の四平とか名乗っているみたいだけど、痛々しいったらないね」

飛車が成ると龍王になる。偽名を名乗る者は中途半端に自分の欠片《かけら》を残すというが、どうやら飛車の四平も例外ではないらしい。

「で、その四平とやらは今どこに？」

「働きに出ているんじゃないかねえ。それは、『みかわ』の旦那に聞けばいいんじゃないかね。あの子は『みかわ』の子だから」

「『みかわ』ですね！　ありがとうございます！　この埋め合わせはまたしますんで何卒《なにとぞ》！」

「ええ、待ってるわ」

女将はひらひら手を振った。

吉原は奥に行けば行くほど空気が淀んでいく。手前ではこの世の極楽のような光景が広がっているが、奥に行くに従い、この傾城が所詮《しよせん》は人の手によって造られた舞台なのだと気づかされる。鰻《うなぎ》の寝床のような部屋で男を待つ下級遊女たちの長屋街を抜けていくと、ついには色の気配すらも消え失せ、この街に住む人々の貧乏長屋が見えてきた。

新右衛門はあまり両国西河岸とも変わらない長屋の木戸を押しながらため息をついた。だが、吉原という光に満ちた場にあるがゆえか、より一層闇は深いように思えてならない。ここに、あの男がいる。

「確か、この木戸から入って小路沿い右側の三軒目、でしたね」

「ええ。今度こそ、抜かりなくやりましょう」

この家の場所を教えてくれたのは、四平の雇い主である『みかわ』の主人だった。どうやら四平のことを持て余している様子で〝ああ？　あんな奴、勝手に締めてやってくんな〞と住所を教えてくれた。もっとも、呑みに行ってるかもしれねえがね、そう付け加えるのを忘れなかった。

「では、陣形を決めましょう。近藤さんと又三さんは道を塞《ふさ》いでください。私と新右衛門さんとで長屋に入りますので」

鶴の一声ですべてが決まった。

木戸から入って小路沿い右側の三軒目。特に表札などはないし、生活感もほとんどない。空き家だと言われても信じるだろう。

新右衛門が戸に手を掛けたものの、動かない。唯力と顔を見合わせる。戸に棒でも掛けているのだろう。だが、これはある意味で朗報だ。中に人がいる証《あかし》だ。

ふう、とため息をついた唯力は戸を蹴破った。

「失礼しますよ」

唯力が真っ暗な中に入ると、ふいに何かが奥できらりと光った。闇の中にわずかな殺気が漂ったのを新右衛門は見逃さなかった。新右衛門は闇の中に浮かぶ白刃の手元を手刀で叩いて、あてずっぽうで掌底《しょうてい》を叩き込んだ。手ごたえがあった。こういう時に限ってぃやに型通りに極《き》まるんだよなぁ、と心中でぼやく新右衛門をよそに、ぐ、と声を上げ、何かが地面に転がる気配がある。地面に倒れたそれを長屋の外に引きずり出すと、寝間着に身を包む一人の男の姿が薄明かりの中に浮かびあがった。

新右衛門が表に引きずり出した男を確認する。その瞬間、岡場所で声を掛けられた時のあの顔を思い出した。崩れかけている狐の顔。そうだ、あの男はこんな顔をしていた。実際に再会して初めて、あの男の顔を完全に思い出していた。

しばらくすると、男は目頭を揉みながら身を起こした。

「気づきましたか。すみません、手荒な真似をしました」

「まったくだ……！　てめえ、いきなり殴りかかるたァ……」

「小刀で突きかかってきた人に言われたくないですよ」

最初は喧嘩腰であった男だが、やがて、顔から血色が抜け落ちていく。そして最後には、唇を震わせて新右衛門の顔を見た。

「あ、あんたは昨日の……！」

「二朱も払わされちゃいましたよ」

唯力がにこりと男に微笑みかける。しかし、目は笑っていない。

「探しましたよ。龍王さん。いえ、飛車の四平さん」

「なんで名前まで……？」

「何、そう難しいことじゃありません。あなた、あまりに目立ちすぎですよ。ここに辿り着くのはそう大変じゃありませんでした」

「……いったいなんだってんだ」

「分かってるとは思いますが、私は回向院の岡場所の方から頼まれてあなたを追っていたんです。岡場所の名を借りた小金稼ぎに興じていたあなたを、ね。いえ、正確には、小金稼ぎですらないでしょう。はっきり言いますが、岡場所目当ての客相手に金を巻き上げても、大した稼ぎにはならないはずですしね。それくらいの金だったら、人気幇間のあなただったら一晩といわず稼げるでしょうし」

唯力の言に引きずられるように、飛車の四平は吐き捨てた。

「……飽き飽きしていたんだよ」

四平は肩を落としながら続ける。

「今の張り合いのない暮らしにさ。昔みたいに、賭け将棋の挙句にやくざどもとか騙した連中から追われる、あのヒリヒリした暮らしが恋しくなっちまったんだ」

四平はかつて将棋で身を立てようとしていたと女将が口にしていた。なるほど、どうやら四平の歩んでいた道は、新右衛門の想像するようなものではなかったようだ。

「で、他人から金を騙し取るのは、その憂《う》さ晴らしってところですか。で、楽しかったですか？」

「最初は楽しかったさ。だが、生きてる気がしねぇ」

「でしょうね」

唯力がため息をついたその時、裏長屋が俄然《がぜん》騒がしくなった。ふと喧騒のほうを見やると、柄の悪い男たちがどやどやと長屋の木戸から中に雪崩《なだ》れ込んでくるところであった。近くにいた近藤も多勢に無勢と悟ったのか、それとも事を荒立てるのは得策でないと断じたのか、唯力たちの許《もと》へと駆け寄ってきた。

「よお、唯力」

目つきの鋭い男たちを従えてやってきたのは、〝掃除屋〟峠の之八だった。南無阿弥陀仏の六字が大きくあしらわれた黒鞘《くろざや》の大刀を肩に立てかけるようにして持ち、もう片方の手で顎を撫でながらこちらを見据えている。その目は濁り切り、まるで底が見えない。

「おや、之八さん、お早いですね」

「そりゃそうだ。掃除屋は迅速《はや》さが命なんだよ。——ときに唯力よぉ。四平をこちらに引き渡しちゃくれねえかい。こいつは俺たちで掃除しなくちゃなんねえ」

「嫌です。……とは言いづらいですねえ」之八の後ろに居並ぶいかつい男たちを見やりながら、唯力は苦笑いを浮かべた。「断ろうもんなら、私たちも鉄漿溝に浮かばせる、って算段でしょうし」

「道理が分かっている奴は楽でいいな」

見れば、四平は奥歯をがちがち鳴らしている。そんな四平の前で、唯力は抗弁する。

「でも之八さん。このお人を先に見つけたのは私たちです。ここは譲ってもらえませんか」

「いつもだったらそれでいいんだがな。そこの四平は色々とやりすぎだ。やくざと組んで何かしようとしてたらしいんでな。これ以上は問答無用だ。——とにかく、渡してもらおう」

唯力はなおも引かなかった。

「お言葉ですが、之八さん。この件、回向院前の岡場所も絡んでいるのをお忘れですか。

勝手に吉原が処断したとなれば、向こうだって黙っちゃいないはずです」

之八の目が少し泳いだ。

「――一理あらあな。岡場所の連中と事を構えるのも面倒だ。だが、だからどうした？　どこの誰だろうが、裏でやり合えばそれでいいだけの話だ」

「強情ですねえ。ではこうしましょう」

唯力は懐から一文銭を取り出して表と裏を示して見せた。寛永通宝《かんえいつうほう》の四文字が浮かぶ表、無文の裏を見せた唯力は、指で弾《はじ》いてもう一方の手の甲で受け、もう片方の手で蓋をした。

「表か裏か。これで決めましょう。之八さんが当てれば、四平さんをお渡ししましょう」

そう唯力が言い放ったその時だった。

掃除屋の男たちの人垣をかき分け、一人の男が現れた。

青い縞の羽織に茶染めの絹長着を上等な紗帯で締めこちらにやってくる町人髷の老人。右手に持っている銀煙管を弄《もてあそ》びながら、つまらなそうな顔をして唯力を見下ろしている。界隈で恐れられている掃除屋たちも脇に退いて、虎を前にした犬のように大人しくしている。

老人は声を発した。その声はさながら雷のようで、肚に響く。

「之八。悪いんだが、そこまでだ」

「だ、旦那……。だが」

「おいおい、俺の言うことを聞けないってのかい」

之八は顔を蒼くして、奥からやってきた老人に道を譲り、脇で膝をついた。

「おや」唯力の声に険が混じった。「町名主様がお越しとは。いやはや面倒なことになっちゃいましたね」

目の前の老人は顎に手をやりながら、短く息をついた。

「まあな。お前さんが吉原で騒ぎを起こしているっていうんで、慌てて出てきたんだよ。掃除屋から報告があってね。なんでも、うちの街の人間が、岡場所にちょっかいを出したとか」

「ええ、その通りですよ」

誰ですか、と新右衛門が唯力の脇を小突くと、唯力が小声で「吉原の町名主の扇屋吉《おうぎやきち》兵衛《べえ》さんです」と教えてくれた。だが、普段不敵に振る舞っているはずの唯力の顔に愁いが覗《のぞ》いている。先に吉原に行くのは嫌だと口にしていた唯力の言葉が耳の奥で蘇る。

老人は白い髪を撫でつけながら口角を上げて笑った。顔の造作は別物なのに、なんとなく唯力と被るものがある気がしてならなかった。やがて、ふと気がついた。二人は表情の作り方がよく似ているのだと。

「ご紹介に与《あずか》った通り、町名主の吉兵衛だ。──そこの唯力の養い親にあたる。こいつを大坂にある心学塾《しんがくじゅく》に出してやったのが俺だ」

唯力にも、過去がある──。そんな当たり前のことに驚かされるのは、いつも唯力が超然としていて、風のように振る舞っているからだろうか。

唯力はこれ見よがしに顔をしかめた。

「昔の話でしょうよ。もう、その件の清算は終わっているはずでは」

「まあね。言ってみただけだ」

吉兵衛は扇子を取り出すと片手で開きゆるゆると顔を扇いで見せた。余裕綽々《しゃくしゃく》の態度の吉兵衛と、今にも飛び掛からんばかりの唯力の剣幕が好対照をなしていた。

「なあ、唯力。ちょいと俺と取引をしねえかい」

「取引？　断る、と言ったら？」

「掃除屋を使って、そこの四平には鉄漿溝に浮かんでもらう」

吉兵衛の視線に晒された四平は肩を震わせた。

「そいつは困ります。それじゃあ私の商売に関わるので」

「だったら、取引に乗ってくんな」

しばしの逡巡《しゅんじゅん》の後、唯力は首を振った。仕方ない、と言わんばかりの仕草だった。

「いいでしょう。何をすれば」

それから数日後――。

がらんどうの道場の中で、ため息が反響する。

「はあ、そういうことだったのですね」

稽古着姿の智佐は、数日前までの不機嫌な顔を収め、どこか嬉しげに頬を緩めていた。なにかよいことでもあったのだろうか、けれどまあ、この人は笑っている方が綺麗だし、そもそも不機嫌な人を相手にものを教えるのもおっくうだし、いずれにしても機嫌が直ってよかった。そう心中で息をつく新右衛門の前で、智佐は少し頬を歪めた。

「新右衛門様も言ってくだされればよかったんです。人探しをしているって」

「ええ、まあ……」

とはいっても、事情を話す前に帰ってしまったのは智佐だ。

智佐は口をとがらせて、指を板の木目に添わせた。

「だって、てっきりわたし、新右衛門様たちがいかがわしいところで遊ぶ算段をしているんだと思ったんですもん」

男が数人で顔を見合わせて、やれ岡場所だ、やれ吉原だ、と話していれば、助平な男たちが女買いの算段をしているものと誤解するのも無理からぬことだ。

新右衛門は慌てて首を横に振った。

「いえ、そういうことは決して。そもそもお金もありませんし」

「新右衛門様はお金さえあればそういうところに足をお向けになるんですか」

「いやいや、そういうことではなく」

しどろもどろになりながら答えると、やがて、智佐はぷっと噴き出した。

「分かってます。新右衛門様は真面目な方ですから」

その笑みはなんとも言えず眩《まぶ》しい。

智佐の綺麗な顔を見ていると、満たされた気持ちにもなるし、気恥ずかしくもなる。後ろ頭を掻《か》きながら言葉を探すものの、うまく接《つ》ぎ穂《ほ》が見つからない。これだから女人は苦手なのだ。

二人して黙りこくっていると、外から声が聞こえてくる。耳を澄ますと、

「また負けた」

「強すぎる」

「お前らいくらなんでも弱すぎだろう」

と男三人の姦しい声が聞こえる。

智佐はくすりと笑った。

「また、お屋敷に人が増えたんですね」

「ええ、まあ……」

将棋の勝ち負けで騒いでいるのだろう。新しく入ってきた男が将棋を長屋に持ち込んだおかげで毎日が騒がしい。

この長屋に飛車の四平が入ってきた。それもこれも、唯力のせいだ。

『どうでしょう？　あなた、私の下で働きませんか？』

唯力がそう切り出した時、居合わせた一同はもちろん、当の四平が驚いていた。

初対面の相手を信用させて金を騙し取ることができるほどの喋《しやべ》りの才は、商売をする際に武器になる。幇間の頃に培《つちか》った金持ち相手の人脈は喉《のど》から手が出るほど欲しい。そのような意味のことを言った唯力はこうも付け加えた。

『もっとも、断ることはできませんよ。もし断ろうものなら、私が〝掃除屋〟に引き渡しますから』

四平は顔を蒼くした。そうなった場合の己の命運にも考えが至っているのだろう。

逡巡を隠せずにいる四平を前に、唯力は駄目押しを放った。

『商いっていうのはすごく楽しいんですよ。ここまで真剣勝負の風が残っている世界もないんです。今日成功していたことが明日通用するとは限らない。死ぬまで頭を使っていないと話にならない場です。きっと、今に飽き飽きしているあなたには気に入ってもらえる場だと思いますよ』

四平は頷いた。目の奥にはそれまでのけだるげな色はなかった。

それからはずっと唯力の出番だった。密《ひそ》かに吉原から四平を脱出させると、次の日、三枡屋の主人のところに四平を伴って頭を下げに行った。そして、唯力の懐から出た金を三枡屋に渡した。

『これを、被害に遭った方にお渡しください』

被害そのものは五両ほどの金額であったようだが、ポンと出すには大金であることに違いはない。

その後、唯力が『みかわ』に出向き、四平が幇間を辞める旨を説明した。店主はあっけなく四平の廃業を受け入れた。厄介払いできてよかった。そう言わんばかりであった。

だが、何より唯力が苦しんだのは、町名主吉兵衛の依頼だった。

『吉原の客入りをよくする策を名主衆に披露しろ』

茶屋の二階に集められた名主衆を前に、唯力は吉原そのものの経営再建策を披露することになった。

結果として、その策が受け入れられることはなかった。

唯力が提案したのは、花魁《おいらん》と言われる高級な遊女の廃止であった。

『花魁の複雑なしきたりのせいで、今、一番金を持っている町人たちの足が離れています。今の吉原は御大尽にしか目を向けていません。小金を落とす人々を拾い上げる努力をしないとなりません』

名主衆からは反発の声が次々に上がり、お前に何が分かる、の大合唱が浴びせられた。

その間、吉兵衛は腕を組んでにたにたと笑うばかりで、唯力に助け舟を出そうとはしなかった。同席した新右衛門が何とか割り込もうとしたものの、名主衆の鋭い舌鋒《ぜっぽう》に入り込む隙はなく、ただただ唯力が叩かれるのを見ているしかなかった。

針の筵《むしろ》の会合が終わった後、吉兵衛は唯力の肩を強く叩いた。

『ご苦労。これで四平は年季明けだ。勝手に連れてけ』

遠雷のような笑い声をあげながら部屋を去る吉兵衛の後ろで、唯力は蒼い顔をしていた。

大丈夫ですか、と声をかけると、唯力は畳を踏みにじって答えた。

『まったく、言いにくいことを代わりに言わされた気分ですよ』

吉原の病巣は誰から見てもはっきりしている。御大尽や大身の武士を相手に想定した商売が立ち行かなくなっているなら、もっと現実的な路線——小金持ちの町人やお上《のぼ》りさんを相手にした商売に切り替えればよい。吉兵衛もそんなことは重々承知しているが、自ら口にしては叩かれるがゆえに、経営指南役の肩書きを持った己に押し付けたのだろう、というのが唯力の見立てらしい。

『正しいことだからといって皆が従えるわけじゃありません。むしろ、正しいことであるがゆえに従えないことだって多いんですよ。きっとこれから、吉原は少しずつ私の言った通りの道に至るとは思いますけど、まだまだ時間はかかるでしょうね』

唯力の予言は当たる。ここから十数年後、吉原では花魁が廃され、それまでの高級路線を見直さざるを得なかったのだが、この段階でそれを知る者はいない。

それはともかく。

四平は長屋の――唯力舎の――一員に加わったのであった。

「まったく、煩《うるさ》くってかないません。おちおち昼寝もできませせぬ」

そう新右衛門がぼやくと、智佐はくすくすと笑いだした。

しまった、毎日昼寝しているのを白状してしまったか。ばつが悪い思いに襲われた新右衛門であったが、智佐が笑ったのは、まったく別の理由であるらしかった。

智佐はその答えを教えてくれた。

「最近、新右衛門様の顔が明るくなりました」

以前の顔は暗かったのであろうか、そう独り言ちていると、智佐は続けた。

「以前の新右衛門様はどこか浮かない顔でした。けれど、今はなんだか楽しそうです。その分、わたしの方には向いてくれなくなりましたけど、いっそのことそれはどうでもいいです」

時々智佐の言うことが分からない。要領がつかめずにいると、智佐は白い歯を見せた。

「別に構いませんよ。わたしは、新右衛門様の笑顔が見られるだけで十分ですから」

新右衛門は己の頬を引っ張った。けれど、今、自分がどんな顔をしているのかはどうしたって分からない。

昼間だというのに蜩《ひぐらし》が鳴いている。秋も近い。

第五話　すべての糸が一本に

唯力の長屋の中には、気詰まりな沈黙が満ちていた。

上座にいる男は、ずっと無言を貫いている。下を向き、何かを言い出そうと口を開こうとしているものの、こちらの視線に気づくと何かに怯《おび》えるようにまた口をつぐむ。新右衛門はあえてこちらから水を向けることをせず、唯力と共に出方を窺《うかが》った。

「あ、あのよ……」

上座のお客――米屋の信介が意を決したように切り出してきた。

「はい。なんでしょう」

唯力が優しい声で問いかけると、信介は新右衛門に指先を向けた。

せ、拙者《せっしゃ》？　思わず新右衛門は己の顔を指すものの、信介は諦めたようにかぶりを振った。

信介が指しているのは新右衛門ではなかった。ふと振り返ると、開かれた戸の隙間からこちらをまじまじと見守っている近藤や四平、又三の姿がある。

「あれじゃ話しづらくってよ」

新右衛門は立ち上がり戸の前に立つと、すねた顔の三人をきっと睨《にら》みつけて戸を閉めた。

視線が減ったことで、少しは気が楽になったのかもしれない。信介は頭を下げた。

「この前は唯力さんやお武家様には助けていただきました。その節は本当にありがとうございました」

信介は唯力舎の客の一人だ。米屋の経営がうまくいっていなかった信介に、百本杭にやってくる釣り人相手におにぎりを売るという奇策を授けた。それがかれこれ二か月ほど前、夏の終わり頃の話だ。

朝晩は肌寒い。もうそろそろ袷《あわせ》を出そうかという季節だが、目の前の信介は薄着一枚で通している。太い腕をもう一方の手でさする姿は貧乏ったらしい。

「どうされたんですか」

「経営がうまくいったら、一年間、あがりの一割を唯力さんのところに納めるってお約束じゃねえか。あれなんだけどよ」

信介は額を床にこすりつけんばかりに頭を下げた。

「すまねえ。廃業することに決めたんだ」

「それはまたどうして」

「理由は聞かねえでくだせえ。──ねえ、廃業する場合、お礼はどうしたら？」

腕を組んでいた唯力はこともなげに言う。

「そうですねえ。その場合には特にお金はいただいてません。経営がうまくいかなかった、という判断になりますので」

「本当にすまねえ」

頭を何度も下げる信介を直らせるのに時間がかかる。ようやく顔を上げた信介に、もしかして、経営の状態が悪いのか、とか、おにぎりの商いが飽きられてきたのか、とか、色々の質問をしたものの、『勘弁してくだせえ』の一言の他はだんまりだった。

信介の憔悴《しょうすい》は尋常ではない。

「今後の当てはおありなのですか」

唯力の問いかけに、力なく信介は答えた。

「こんな根無し草にも、故郷の一つや二つはある。そこに嬶《かかあ》と子を連れて帰りまさ」

「……ですか」

唯力が力なく答えたのが、会話の終わりだった。

信介は首を振って、それじゃ、と口にすると、戸を力なく開き、又三たちにも力なく頭を下げると長い影を引きずりながら長屋から去っていった。

なんとも後味の悪い結末だ。信介の件は、新右衛門にとっても思い入れがあるものだった。あの件はほんの少しとはいえ自分も関わっている。自分の思い付きで人を幸せにできるんだ、ということに気づいたいい経験だった。それだけに落胆も大きい。

と、横の唯力が、のろのろと首を振った。

「これで、お終《しま》いですねえ」

思わず変な声が出た。ふと止まっていた呼吸を取り戻し、唯力を睨む。

「まさか、諦めるつもりですか」

「ええ。もちろんです」唯力は投げやりに言った。「信介さんが匙《さじ》を投げたのに、私が出しゃばるわけにはいかないでしょう」

「で、でも……」

新右衛門の脳裏に、二か月前に発せられた信介の言葉が蘇《よみがえ》る。

『少なくとも俺ァ、江戸にしかいられないんでさ』

随分前に故郷との縁が切れていて戻りようがない、と困惑気味に笑っていた。その信介が、田舎に帰るなんて言い出すからには、尋常ならざることが起こったとしか思えない。

戸を開き、首だけ長屋の中に突っ込んだ又三が新右衛門に助け舟を出した。

「解《げ》せぬ。あまりに急なことだ。何かあるのではないのか」

「何かがあるとして、唯力舎と縁を切るって言ってきた人に、これ以上何ができるって言うんですか」

ぴしゃりと投げかけられた唯力の言葉は、又三の口を塞《ふさ》いだ。

しばし又三を見据えていた唯力であったが、新右衛門に目を移すなり、堪《こら》えきれぬとばかりに噴き出した。

「すごい顔をなさってますよ、新右衛門さん。……新右衛門さん、又三さんと二人で、信介さんの件を調べて回ってはいかがでしょうか」

立ち上がった唯力は本棚の本を手に取り、そのまま目を通し始めた。本から顔を上げることなく、そっけなく続けた。

「経営指南所としては何も動けませんが、お二人は指南所の人間じゃありませんので、勝手に調べていただいて結構、ということです。――もっとも、もしお金になりそうな話を持ってきてくれたら謝礼はご用意しますよ」

話は決まった。新右衛門と又三は顔を見合わせ、同時に頷《うなず》くと、長屋の外で目を泳がせていた近藤と四平の脇をすり抜けて、表へと飛び出した。

両国の百本杭はこの日も釣り人たちでごった返している。太い竿を持ち、百本杭の内側で糸を垂らす人々が並ぶ様は圧巻の一言だ。さすがに秋ともなれば川岸には冷たい風が吹き始めている。羽織の裾がぱたぱたと音を立てて翻《ひるがえ》るうちに、体の芯まで冷え始めるような錯覚に襲われた。

新右衛門は釣りをしている一人を捕まえた。袖口がぼろぼろにすり切れた筒袖《つつそで》の半着《はんぎ》に、ひだの折り目が消えてしまっている袴《はかま》を穿《は》き、漆の剝《は》げかかった大の刀を差すばかりの四十がらみの浪人だ。総髪に結《ゆ》い上げ、つまらなそうに水面《みなも》を眺めながら糸を垂らす男に、

「釣れますか」

と声を掛けると、

「まあぼちぼちだ」

と景気の悪そうな声が返ってきた。

「へえ、結構釣れているみたいじゃないですか」

水の中に垂らしてある網の中には、一尺ほどの鯉《こい》が何匹も泳いでいる。

だがそれを男は鼻で笑う。

「こんなの、釣れたうちに入らぬよ。本当はもっと大きな鯉を釣りたいんだがね。最近は鯉も賢くなってきちまいやがって、ミミズごときでは釣れなくなっておるのだ」

「ときに、最近ここでおにぎりを売る人がいたみたいですが」

「おお、知っておるのか」浪人風の男は顔を思い切りほころばせた。「奴のところのおにぎりは美味《おい》しい。中に佃煮《つくだに》が入っていてな。しかも、針先につけると大きな鯉も釣れる。

──だが、最近、売ってくれぬのだ」

「売ってくれない？」

「ああ。朝ここに商いに来ていたのと、昼間近くの裏店《うらだな》で売ってくれていたのだが。店に行っても『売れねえ』の一点張りで、米屋を廃業するとまで言い出したものだから、鯉釣りの連中は大騒ぎだ」

「そうでしたか……。ありがとうございます」

あの男と知り合いなら、店を畳むなんて言わずに再開してくれと言ってほしい、と託《ことづ》けを頼まれた。曖昧《あいまい》に頷き、仕事の邪魔をしたお詫びを言って浪人と別れた。

新右衛門は首をかしげる。未だにあの商売は飽きられていないどころか、待ち望まれている。だというのに、店を閉めようとしているのだ。

釣り人でごった返す百本杭の様子を眺めながらしばし思案していた新右衛門の許《もと》に、やはり他の釣り人たちに話しかけていた又三が戻ってきた。

「おかしいですな。やはり信介の商いはうまくいっていたようで……」

百本杭近辺で聞き込みをしようと言い出したのは又三だ。屋敷を飛び出したはいいものの、どう手を打とうかこまねいていたところ、『とりあえず今の様子を調べ上げるのが先決でございましょう』という又三の献策を受けて、こうやって聞き込みに回っている。

信介が百本杭に来なくなったのは五日ほど前のことのようだ。中には怪訝《けげん》に思って裏店に向かった者もあったらしいが、すっかり意気消沈していた信介はおにぎりを売ってくれることもなく、ただ『米屋も辞める』と口にしたらしい。

何かあったのか。

「これからどうしたらいいと思う？」

水を向けると、又三は即座に応じた。

「裏店近辺での聞き込みでしょうな」

百本杭界隈《かいわい》を後にして、両国西河岸《にしがし》の裏路地へと足を向けた。ここから裏路地までは目と鼻の先だ。

裏路地へ一歩足を踏み入れたその時、新右衛門は不穏なものを感じて、思わず足を止めた。

異様なまでに裏路地はひっそり閑《かん》としていた。この界隈は町人地で、町の金工《きんこう》の槌《つち》の音が高く鳴り響き、女房衆の井戸端評定の笑い声や、子供たちのじゃれ合いの声が聞こえるはずの界隈だが、まるでその気配がない。いつもは町人たちの憩いの場であるはずの髪結い床にも客はおろか店主もいない。大福帳一つない空っぽの様を見れば、外出しているのではなく店が引き払われているのは一目瞭然だった。

「いったいどうなってるんだ」

困惑が隠せないようであった又三は長屋の一つに入り、ある家の戸を叩いた。しばらくすると中から老婆が出てきたものの、顔を引きつらせてぴしゃりと戸を閉めてしまった。

やはり、何かある。

「裏店に回ってみましょうぞ」

言われるがまま、今度は裏の通りへと回った。いつもなら様々な小商《こあきな》いの商人《あきんど》たちが店を開き、人がごった返している一角だが、通りには閑古鳥が鳴いていた。そもそも店を開いているのが数軒しかなく、残りは戸を閉め切っている。見れば、信介の店も木戸に錠がかかり、外から縄が渡されているような様になっていた。こんな状態では人が寄り付かないのも当たり前と言えた。

新右衛門は目に留まったものを指した。

店の雨戸だが、下の方に大きな穴が開いている。まるで大の男が蹴破ったような形跡だ。一度誰かの害意に気づくと、裏店通りのそこかしこにその残滓《ざんし》が見て取れる。

二人して歩いているうちに、自身番の番屋に行き当たった。町名主の委託を受けて町の風紀に目を光らせている鯔背《いなせ》な稼業のはずだが、番屋の前に置かれた縁台に座る番人は、肩を落とし虚《うつ》ろな目でそこに座っているだけであった。

「すみません」

声をかけると、肩をびくつかせて番人は顔を上げた。だが、新右衛門の大小を見て、ほっと息をついた。

「い、いかがなさいやしたか」

年の頃は五十くらいだろうか。白髪を町人髷《まげ》に結っており、顔の皺《しわ》も深い。そして何より、疲れ切った顔をしている。

「なんで、この一帯はこんなに静かなんですか」

そう聞くと、番人は、しっ、と指を立てて、番屋の中へと招き入れた。

刺又《さすまた》や袖搦《そでがらみ》などの捕物道具が立てかけられた狭い番屋の中、奥に座った番人は首の辺りを掻《か》き、やるかたないとばかりにため息をついた。

番人が語り出したのは、あまりにろくでもない話なのであった。

「と、いうわけです」

屋敷に戻った新右衛門が長屋の中ですべてを説明すると、目の前の唯力は腕を組んだ。

「なるほど、ねェ……。そういう事情でしたか」

しばらくすると、四平が長屋の中に飛び込んできた。

「戻ったぜ」

「早いですねえ。で、どうでした？」

四平は顎《あご》に手をやって、まあ聞いてくんな、と切り出した。

「この件、面倒になってきやがった」

唯力の意を受けて両国西河岸を調べて回っていたらしい。なんだかんだで唯力も信介の心変わりを気にしていたらしい。

報告は新右衛門たちとほぼ同じだ。やはり怪訝に思い、開いている八百屋に事情を聞こうとした。しかしそこの店主は、

『あんたには関係ねえ』

の一言で切り捨てた。

まるで何かに怯えるような口調だったことが引っかかった。何かある、そう認めざるを得なかった。かくして、様々なところに聞き込みに回ったところ……。

「あの辺をシマにしようっていう博徒《ばくと》一家が、結構な無理を言っているみたいだなあ」

「ええ。それはこっちも聞いてます」

自身番の番人が話したこととも一致している。

両国西河岸に根を張ろうとしている博徒一家は相当性質《たち》が悪いようで、上納金と称して町方の連中から銭を取っている。特に商売人に支払わせている上納金はかなり高額のようで、それに耐え切れない小商人たちは次々に店を畳んで逃げ出した。近くに物を買う店がなくなり、しかも余計に上納金を支払わねばならないとなれば町方の連中も長屋から逃げ出す。そのせいで、両国の裏長屋は櫛《くし》の歯が欠けるように人がいなくなり始めているという。

「でも、なんで博徒が町方に」

「最近は博徒も食えねえっていうぜ。で、堅気を相手にシノギをするようになってるのさ。こんなんが続くんじゃ、そのうち、誰もいなくなるぜ」

「そうか。それで、信介さんは」

「理由は分からねえ。だが、そんなところだろうよ」

博徒一家が町方から上納金をゆすり取るようになった。そのせいで商いがしぼみ、まっとうな人たちが両国から去っていく。町の人口が減れば、店を開いていても赤字が続くことになる。特にお得意先が少なくとも三十軒は欲しい小売の米屋にとっては死活問題だ。

上納金のことはあろうが、町人が逃げ出してしまったことで、信介の商いを支えるお客がいなくなり、経営に悪影響を与えていることは芋《いも》づる式に想像がついた。

「おかしくないですか。博徒一家の目的だって金儲《かねもう》けでしょう。上納金を取れば確かに儲かるでしょうけど、あんまり負担になるような額を集めていたら、そのうち逃げられてお金が集まらなくなるのは目に見えているでしょうに」

「まあ、そうなんだけどよ……」

どうやらさしもの四平にも調べはついていないらしい。

文机《ふづくえ》を前に座っていた唯力がにたりと笑う。

「いや、これは面白くなってきましたねえ。金の臭《にお》いがします。だって、新右衛門さん、町名主さんも困っているんでしょう」

「はい、自身番の番人が言うには、町名主はもうお手上げだって」

「ってことは、です。町名主に色々と提案できるようになりますから」

新右衛門の視線に冷たいものを感じたのだろう、唯力は視線を外して近藤の名を呼んだ。するど、木刀を肩に背負った近藤が戸の梁《はり》を潜《くぐ》った。

「近藤さん、出番です」

「心得た。で、何を？」

「私と一緒にここら辺を締めている博徒居鴉一家に向かいましょう」

居ても立ってもいられなかった。思わず新右衛門は割って入る。

「拙者も連れて行ってください」

「む？」唯力はにこりと笑った。「いいですよ。でも新右衛門さん、ここからは修羅場になると思います。皆さんも、ご覚悟くださいね」

「心得た」

力こぶを作り楽しげに笑う近藤、拳を握り薄く微笑《ほほえ》む又三の横で、げえ、と顔をしかめたのは四平だった。

「俺、鉄火場《てつかば》はあんまり得意じゃねえんだよなあ……」

「ご安心ください。私も苦手ですから」

力強く唯力は口にした。

とにもかくにも、次の目的地が決まった。居鴉一家の屋敷だ。


両国西河岸の川沿いにある居鴉一家の屋敷は物々しい警戒の中にあった。町人地の区画を二つ分潰《つぶ》して木塀を巡らした大邸宅の廻りには、提灯《ちょうちん》を頼りにした柄の悪い男が何人も立ち、周囲に厳しい目を向けている。門前には長脇差《ながどす》を差した屈強な男たちが腕を組んで立っている。まるで、目に見えない化け物に備えているかのようだった。

唯力は、怪訝を通り越して敵意をむき出しにする門番に声を掛けた。そうして少しの間会話をすると、門番は少しだけ顔を緩ませ、門を開いた。

「入ってくれ、とのことです」

門を潜り、屋敷に上がり込む。

屋敷の中にも緊張の糸が張り巡らされている。暗い廊下を通っていても気が休まる時がない。戸の向こうに殺気の塊が控えている。さすがに近藤は武芸者だ。鬢《びん》から、つうと汗を流しながらも、いつでも刀を抜き放てるように右手を遊ばせている。

そんな中でも、唯力は自然体であった。

殺気に鈍感な人間というのはたまにいる。短い目で見れば、こういう鉄火場でも怯え一つ見せないゆえに目立つが、長生きはできない。新右衛門がふらふらと前を歩く唯力の背中にはかないものを感じているうちに、奥の間までやってきた。

六畳一間の真ん中に、以前見《まみ》えた居鴉親分がいた。足を投げ出すように座る親分は、将棋盤を前に一人長考しているようだった。相手はいない。一人将棋に興じているようだ。

親分は唯力たちに気づいて、右手を上げた。

「おう、よく来たねい」

のんきな口調ではあったが、虚勢であることはすぐに見て取れた。目が真っ赤な上、顔には若干のやつれが見える。そのくせ、額には川の字に皺が刻まれたままだ。

親分の前、将棋盤を挟んで座った唯力は、いきなり切り出した。

「最近、両国の町方相手に上納金を迫っている連中がいるって聞きました。それは、居鴉一家ですか」

居鴉親分は、へっ、と鼻を鳴らした。

「答えが分かっているくせに聞くんじゃねえやい」

「一応、確認です」

きっぱりとした唯力の口調に、居鴉親分は顎を撫で、盤上の駒を一つ動かし、ぱちんと音を響かせた。

「うちの一家は堅気には手を出さねえよ。俺たちは蜘蛛《くも》みたいなもんだ。甘い汁を染み込ませた網を張って、引っかかった獲物を食らい尽くすだけだ。網を抛《なげう》つ真似はしねえ。そういうやり方じゃ、長くやってられねえからな」

「さすが親分、分かってらっしゃる」

「それァ昔のあんたに言われたことじゃねえか。忘れちまったのかよ」

「はは、最近、どうも忘れっぽいもので」

「──あんたには敵《かな》わねえな」

また親分は将棋の駒を一つ動かした。盤面はどんどん複雑に、奇々怪々の様相を呈《てい》してゆく。

唯力は盤面から視線を外し、透き通った瞳を親分に向ける。

「でも、居鴉一家も今回の件は無関係とも思われません。教えてくれませんか。何があったのか」

「──なんであんたにそこまで話さなくちゃならねえ？」

「正直、腹が立ってしょうがないんですよ」唯力の声音《こわね》にはわずかに怒気が混じる。「商いを邪魔する奴なんざ、豆腐の角に頭をぶつけて死んじまえばいいって心から思いますよ」

「熱いねえ」

「茶化さないでください」

しばらくの沈黙の後、駒を動かして敵陣の歩《ふ》を取った親分は、しばし手の中で駒を遊ばせていた。だが、ややあって、口を開いた。

「──あんたも知ってるだろう？　最近両国に縄張りを広げようとしてる菅森一家をよ。今、あいつらとの出入りになりそうなんだよ」

出入り。つまるところは博徒同士の縄張り争いだ。

「確かあんたも見てるよな。うちで賭場《とば》荒らしがあっただろう」

新右衛門も見知っている。あの時、金で雇われたと思《おぼ》しき浪人三人が賭場をしっちゃかめっちゃかにしたのであった。

「あれを調べるうちに、菅森一家が関わっていることが分かってね。ま、それだけじゃないんだが、今は出入りに備えているところってわけだ。あいつら、随分イカれてやがるぜ。なんでも吉原にも手を出しているらしいからな」

「両国西河岸での上納金っていうのは――」

「菅森の連中が〝軍資金〟集めにやってることだろうよ。元々あいつらはやることが極端なんだよ。ふざけた野郎どもだ」

「ま、後追いの商いをやろうってェ人は、どうしたってやり口が強引にはなりますがね」

居鴉親分は駒を力任せに盤に指した。

「なんだ、やけに向こうの肩を持つじゃねェか」

「いえいえ、肚ん中は煮えくり返ってます。商売仇《がたき》以外の他人に迷惑をかける商いなんてしちゃいけませんからね。だからこそ親分。私は親分にも怒りはありますよ」直截《ちょくせつ》に唯力は言い放つ。「なんで、親分ほどのお方がこんなに手をこまねいているのか、ってね」

「そう苛《いじ》めるなぃ。江戸府内で事を構えるってェのは、なかなかしんどいんだよ。変に動けば町方役人も動く。下手ァ打てば鬼よりも怖い火盗改《かとうあらため》までお出ましだ。だからこそ、俺たちも向こうも動けねえ。で、お互いに気をすり減らしているってわけだ」

敵である菅森一家を倒したいが、迂闊《うかつ》に動けば己の〝商い〟に障《さわ》る。それが居鴉一家の本音なのだろう。

唯力は目を光らせた。

「親分、随分とお困りのようですねえ」

「当たり前でぇ。そう見えてなかったとしたらあんたの目は節穴だ」

「じゃあ、ここはひとつ、私を雇ってみませんか。結局、お互いにすくみ合って動けない。力が拮抗《きっこう》しているからでしょう？　なら、私がその均衡を破って差し上げます」

「そんなことができるのかい」

唯力は不敵に口角《こうかく》を上げた。

「私を誰だと思っているんです」

「――いいだろう」

それが合図だった。唯力は立ち上がり、一礼した。

「いつも通り、成功してから、支払額を決めましょうね」

「ああ。助かるぜ。もし入用になったら言ってくれ。あんたになら、前払いしてもいい」

「いいえ、お断りです。後払いがうちの取り決めなので。商いっていうのは、てめえで決めた決まりを破るとずるずると変な方へ流れるものなんですよ」

「そうかい。そりゃあ難儀だ」

と、四平が親分の盤面を覗き込んだ。ほんの少しの間眺めていただけだったが、ふいに桂馬《けいま》を指でつまんで動かした。

「王手」

「あ、え!?」

親分から驚きの声が上がる。見れば、確かに玉将《ぎょくしょう》は敵味方の駒によって身動きを封じられている。

「桂馬は神出鬼没。ご注意くださいな」

「お、おう……」

あっけにとられる親分を残し、新右衛門も部屋から出てゆく唯力に続いた。

「あ？　払わねえとはどういうこった！」

両国西河岸の裏路地の真ん中で、唯力はいつも通り不敵な顔をして立ち尽くしている。

そんな唯力の息が掛かりそうなところで、いかにも堅気とは思われぬ頬に傷のある若者が唯力のことを見下ろすように睨みつけている。喧嘩騒擾《けんかそうじよう》を聞きつけたのか、誰もいなかった裏路地には一人、また一人と町人たちが現れ、人だかりを作ってゆく。しかし彼らはどちらにも与《くみ》することなく、ただ事の成《な》り行きを見守ろうとしているようであった。

「てめえ、本気かよ」

頬に傷のある若い男の怒号にも唯力はたじろぐことはない。後ろに控えている商人の方がよほど怯えているようだったが、これもいつものことだ。

「言ったままです。あなたがたへの上納金は一切払いません」

「てめえ、俺たちが誰か分かって言ってるのか？　えェ!?」

「もちろん」

唯力は相手にしている男二人組を前に、不敵に口角を上げた。

一方的にまくしたてている頬に傷のある男は、紺色の半纏《はんてん》をいからせながら唯力を睨みつけてくる。一方の、笑みを絶やさぬ恰幅《かつぷく》のいい、さながら商家の番頭のようななりをした中年男は、笑顔でありながら目が笑っていない。よほどこちらの方に注意を払わねばならぬ。新右衛門はそう当たりをつけ、袖の中に隠している鼻捻《はなねじ》を握った。

「いい加減にしねえか。じゃねえと、てめえ、ぶっ殺……」

す、まで言おうとした若い男の肩を取って黙らせた中年男が、笑みを絶やさぬまま唯力に顔を寄せた。

「あんた、分かってるんだろうね。どうやらあんたはここの裏店の人間じゃないらしいが……」

「ええ。特にこの裏店にはなんの恩義もなければ関わり合いもありません」

中年男の目が昏《くら》く光る。

「酔狂《すいきょう》で男伊達《おとこだて》気取りかい。いやはや剛毅《ごうき》なお人があったもんだ。――まあいい。ここは退《ひ》くぞ」

「しかし兄貴」

中年男が目をくれると、傷男は蒼い顔をして黙りこくった。そして今度は唯力の方に向いた。

「最近、うちの縄張りで俺たちの〝商い〟を邪魔して回ってるイカれたお人がいるって聞いたんだが……。皆あんたの仕業かい」

「ええ。こんな酔狂、私しかしないでしょう」

「違《ちげ》えねえな。――あんた、夜道には気を付けなよ。じゃないと、川っぺりで滑って転んで川に落ちて、次の日に土左衛門《どざえもん》で見つかるなんて羽目になりかねないぜ」

「ええ、ご忠告、胸にしっかりと」

小馬鹿にするように唯力が返すと、中年男はきっと踵《きびす》を返した。最初はきょろきょろと中年男の背中と唯力を交互に見ていた傷男だったが、唾《つば》を吐くと中年男の後に続いた。

二人組の姿が見えなくなったその時、裏店から、わあ、と歓声が湧いた。唯力の後ろで震えていた八百屋も唯力の手を取って何度も頭を下げ、閉めていた店から出てきた男が唯力の肩を叩く。さながら祭りのような様相を呈している。

だが、男たちにもみくちゃにされながらも、唯力は快活に声を張り上げた。

「皆さん、これで終わったわけじゃありません。あいつらがまた来たら、両国の紗六家にいる唯力を訪ねてきてください。そうすればあいつらを追い払いますから」

男たちの間からさらに歓声が上がった。

もみくちゃの輪から離れた唯力は、袖を直しながら、やれやれ、と呟《つぶや》いた。

「これで、とりあえずは一段落、ってところですかね。これで、菅森一家の資金源《ぜにもと》はほとんど断ちました」

唯力が始めたのは、菅森一家への兵糧《ひょうろう》攻めであった。

まずやったのは数少ない賭場潰しであった。人を差し向ける必要もなかった。菅森一家が長屋や寺の境内で賭場開帳をする話を聞きつけては町方や寺社奉行の役人に投げ文をした。よっぽどのへぼなのか、それとも捕まえる気がないのかは分からないが未だに賭場そのものは押さえられていないようだが、ここ最近の手入れを警戒しておちおち賭場も開けないような状況らしい。

その次に始めたのは、町方からの上納金を断ち切ることだった。人の住む長屋を皮切りに、奴らが金を集めて回っているところを虱潰《しらみつぶ》しにしていった。そうして、両国西河岸の裏店まで回って潰したことで、奴らの〝縄張り〟をすべて潰したことになる。

博徒一家と戦う――。もしや殴り込みでもするんじゃないかと新右衛門は冷や冷やしていたのだが、その心配は無用らしかった。

『こちらにはこちらの戦い方があります』

唯力はうそぶいていたが、あながち嘘ではないらしい。

思わず新右衛門は息をついた。

「すごいですね、唯力さん。なんだか、博徒一家との戦い方を知っているかのようです」

「いえ、いつもの逆をやっているだけです。いつもは、資金《かね》を得る方法を考えるのですが、今回は真逆、得る道を断つのです。でも、この二つのやっていることは同じです。ただ、方向が違うだけで」

涼しい顔で述べる唯力の声には、異様な殺気が籠《こも》っていた。横で聞いている新右衛門の背中すら冷やすほどの邪気が漏れている。これまで唯力に対して抱いていた、優しい男という評を曲げ、ちょっと怖い人なのかもしれない、という風に改めた。

そんなことはさておき、問題はこれからのことだ。

「これから、どうなさるんですか」

「いえ、やることはやってます。とすれば、あとは向こうの出方を待つばかりです。賭場を無理やり開くか、あるいは町方から上納金を搾《しぼ》り取るかしか道はないですが、どちらもできますまい。あんまり大きな動きをすれば、お役人が動きますから。かといって、一気《いっき》呵成《かせい》に居鴉一家に喧嘩を売るとも思えません。それこそお上の目に留まる。なので、彼らが取りうる道はさほどない。結局のところは、このまま手をこまねいて自然に消え失《う》せる、という結末でしょうね」

そうだろうか。新右衛門は考えた。

もし自分が菅森一家の親分だとしたら……。まだ取りうる道はあるのではないか。例えば……。

「唯力さんを闇討ちにする可能性があるのではないでしょうか」

「ああ、あり得ますねえ」

「何をそんなに落ち着き払っているんですか」

唯力はまるで他人事《ひとごと》のように首を振った。

「まあ、覚悟はしていますから。でもまあ――。死ぬ気はしないんですよね。だって、あなたがいますし」

新右衛門は思わず変な声を上げてしまった。

真面目な目で、唯力は新右衛門の目を捉《とら》え、微笑んでいる。赤ん坊が母親の愛情を信じるかのような、無垢《むく》な顔で。

思わず唯力から目を外してしまった。泳がせた視線の先、裏通りの人波の間に知り合いの姿があるのを認めた。

米屋の信介であった。

「信介さん！」

思わず声をかけると、信介は申し訳なさそうに下を向き、腰の辺りで組んだ手を弄《もてあそ》んでいる。

「すみません、お二人には、ご迷惑を掛けちまった……」

信介の顔色は悪かった。頬はこけ、目も泳いでいる。

「いや、迷惑だなんて思ってませんよ」新右衛門は笑みを浮かべながら緩く首を振った。

「間に合ってよかった。それに、あなたの助けを求める声を拾うことができて、本当によかった」

「いや……。これで、俺も米屋の商売ができますさあ。——あと、実は、お願いがあるんでさ」

「お願い？」

「ええ、あの博徒一家に、俺の幼馴染《おさななじみ》が入っているんですが——。そいつが一家を〝抜けたい〟って言い出しているんでさあ」

唯力が身を乗り出した。

「詳しく聞きましょう」

信介には幼馴染の鉄という奴がいる。鳶《とび》の頃に怪我をしてしまい足を引くようになってからは柄の悪い連中と付き合うようになって、ついには博徒になってしまった。そうして三年ほど前からは評判の悪かった菅森一家に入り、下っ端廻りをしている、という。

「鉄……。唯力さん、確か、屋敷の汲《く》み取りで動いていたのは——」

「ええ、鉄とか言っていましたね。それに、確かに左足を引いていた」

二人は顔を見合わせる。

とそこに、近藤と四平がやってきた。長屋に居座っていた連中も追い出してきたぞ、と口にする四平に、新右衛門は、

「お二人は、鉄って博徒をご存じですか」

と尋ねた。すると、近藤は頷いた。

「ああ。知っている。そなたらに迷惑をかけた時、わしと組んでいた男だ」

そこまでは想定の範囲内だった。だが、まさか四平までが声を上げるとは思ってもみなかった。

「俺も知ってるぜ」

「本当ですか」

「ああ。何せ、俺に岡場所《おかばしよ》荒らしを唆《そそのか》したのが鉄だからな。奴の引きで料理屋を斡旋《あっせん》してもらっていたんだからよ。あいつ、菅森一家の下っ端だったのかよ」

あまりのことに開いた口が塞がらない。どうやら、その鉄なる男とは、悪縁で結ばれているらしい。

「で、その鉄がどうしたって？」

四平の問いに、新右衛門が答える。

「一家を抜けたいから手伝ってほしいって」

「へえ、あの野郎が、ねェ……」

怪訝な顔をする四平を尻目に、信介は言い募る。

「あいつは決して悪い奴ではないんでさ。怪我をしちまって、ああいう風にしか生きられねえだけなんだ。だからって博徒になって人に迷惑かけていいなんて法はねえけど、それでもあいつのことを助けてやりたいんです。一丁、お力を貸してはくれないだろうか」

しばし腕を組んでいた唯力は、うーむ、と唸《うな》り、顎を撫で、四平と近藤を見据えた。

「鉄さんとやらが、菅森一家ではどういうお立場かご存じですか」

近藤がその疑問に答えた。

「確か、金集めをやっているはずだ。生え抜きではないゆえ、博打《ばくち》がらみのシノギには加わっておらぬらしい。自分で金を稼ぐ方法を考えなくてはならない立場であったようだ」

博徒のシノギにしては、便所の汲み取りのピンハネや岡場所の客相手の詐欺なんぞ地味にもほどがある。考えてみればおかしな話だが、ようやく納得がいく。傍流であるがゆえに博徒として〝まっとうな〟働きはできず、誰も手を染めていないような――それゆえに実入りの少ない――シノギで稼ぐしかなかったのであろう。

「今日の夜、浅草郊外の薄《すすき》の原《はら》で待ってる、って言ってました。バレたら殺されるから、できるだけ少ない人数で来てほしいって」

「ふうむ……。分かりました。では、お助けしましょう。――四平さん、近藤さん。二人は長屋で待っていてください」

「おいおい、俺たちが留守番かよ」

四平が不満げに声を上げる。横の近藤も声こそ上げないものの何か言いたげにしている。

そんな姿を見かねたのか、唯力は懐《ふところ》から紙を取り出し、矢立《やたて》を引き抜いてすらすらと何かを書き、四平に手渡した。

「すみません、今持ち合わせがないもので。今日はこの証文で何卒《なにとぞ》」

「しみったれは嫌われるぜ……。あ？」

四平が変な声を上げ、唯力の顔と証文とを見比べた。近藤などは武芸者の顔になっている。

そんな二人の顔を見据えながら、唯力は片目だけつぶった。それを見返した四平たちは神妙に頷き、その表情を一瞬で追いやった。そして四平は、あーあ、と間延びした声を上げて伸びをした。

「しゃあねえな、長屋に戻るかね。たまには一緒に酒でも呑むかい」

近藤は踵を返した四平に続く。

「何を言うか。そなた、酒を呑みすぎだぞ。少しは控えてだな――」

「うるせえなあ、おめえはどこぞの女房か」

「そなたの女房なぞごめんだ」

言い争いしながら、二人は喧騒《けんそう》の中に消えた。

あっけにとられている信介を前に、取り繕《つくろ》うように咳払《せきばら》いした唯力はこう付け加えた。

「では、夕方頃、ここを出発しましょうか」

その日の夜――。

信介を先導に、唯力と新右衛門は浅草の郊外にいた。この辺りは未だに田んぼと薄の原の風景が広がっており、大石が無造作に転がり、木がぽつんぽつんと佇《たたず》んでいる。背の高い薄のせいで見通しはあまり利かず、衣擦《きぬず》れの音も葉音に紛れてしまう。冷たくなり始めている風でうねる薄に、吉原の明かりが屋形舟のようにぽっかり浮いている。

「確かこの辺で待ち合わせ……、あ」

薄の原の真ん中に、大石がでんと鎮座している。その前に、一人の男が立っている。虎の刺繡《ししゅう》がなされた着流しに長脇差。下を向いているせいか、男の表情を窺うことはできない。

「おい、鉄。連れてきたぞ。きっとお前を助けてくれる、唯力さんだ。さあ、挨拶をするんだ」

だが、鉄は返事をしない。

「おい、何とか言ったらどうなんだ、鉄」

鉄は顔を上げた。なんと、泣いていた。両の目から大粒の涙を流し、鼻水が垂れるのも意に介さず。口を歪《ゆが》め、歯噛《はが》みしながら、男泣きに泣いていた。

まるで雑巾を絞るようにして、鉄は言葉を放った。

「すまねえ……、すまねえ……」

その言葉は、一人の男の言葉によってかき消された。

「へえ、鉄。おめえも捨てたもんじゃねえな。友達がいて、しかもその友達が俺たちの仇敵《きゆうてき》をこうも見事に引っ張ってくるなんてよう」

大石の裏から現れたその男は、にやりと相好《そうごう》を崩した。

赤い着流しに真っ黒い羽織、さらに螺鈿鞘《らでんざや》の長脇差を差した四十半ばほどの男。髪は無造作に結んで総髪とし、顎のひげだけを残している。

だが、そんな目立つ特徴を食ってしまうのが、まるで剃刀《かみそり》の刃のように鋭く細い目だった。

「おう。申し遅れた。菅森一家の頭《かしら》、時雨《しぐれ》の菅森たあ俺のことだ」

新右衛門は声を上げてしまった。あの男――。この前、道場破りに来た男だ――と。

心中の疑問のままに、新右衛門は声を上げていた。

「やくざの親分が、どうして道場破りなんか」

菅森親分は舌打ちを低く響かせた。

「なに、賭場探しさ。やくざのシノギで一番大きいのが賭場の開帳なのは、あんたら堅気の人にだって分かるだろ？　だが、役人に嗅ぎつけられでもしたら面倒だからな。賭場の場所に関しちゃ、子分に任せちゃいられないってんで、俺直々に調べて回ってるのさ。あんたのところには道場があったから、道場破りのふりをして屋敷の様子を調べてたって寸法だよ」

とは言うが、実際のところは違うだろう。菅森一家は新興のやくざで人が揃っておらず、賭場の選定ができる人材がいないのではないか。

そんな当て推量をする新右衛門の横で、唯力が恭《うやうや》しく頭を下げた。

「菅森親分ですね。お見知りおきを」

「あんたが唯力さんかい。優男《やさおとこ》だねえ。もっとおっかない人だと思ってたんだが、なんとも拍子抜けだぜ」

「いや、別におっかないことはなんにもしていないんですがね」

洟《はな》をすすり上げている鉄のことを拳骨で小突きながら、菅森親分は細い目を光らせて笑う。

「子分から聞いてるぜ？　なんでも、上納金を支払おうってえ長屋の人たちを唆して回っているらしいな。なかなか面白いことをやりやがる」

「あれ、それだけですか？　賭場の場所を奉行所に密告していたのも私なんですが」

菅森親分は黒羽織の裾を払った。

「そうだったのかい。だとしたら、子分には悪いことをしちまったなあ。いやな、子分が裏切ってるんじゃねえかって疑っちまって、二人ほど、川に沈めちまったんだよ。あちゃあ、あいつら、悪いことは何にもしてなかったのかい。気の毒なことをしちまった」

まるでその言葉には改悛《かいしゅん》の様子はない。やっちまったもんはしょうがねえじゃねえか、そう言いたげな捨て鉢さがにじんでいる。

怒りと共に言い知れぬ恐怖が湧き上がってくる。

「まあいい。こっちからすりゃ、些末《さまつ》なことだ。——そんなことより、唯力さんよ。あんた、ちょいと派手に立ち回りすぎたね。所詮《しょせん》は堅気のやることって甘く見てたよ。でも、ここまで虚仮《こけ》にされちまったら、俺たちだって手を下さなくちゃならねえ。あんたにだって俺の苦しみが分かるだろ？　目障りな敵は殺さなくっちゃならねえ。目の前をウロチョロするから油虫も叩かれる羽目になるんだ。ついつい手が伸びて潰しちまったとして、それは俺のせいかい？」

唯力は眉一つ動かさない。

「さあ。誰のせいか、なんて無意味だと思いますけどね」

「気が合うねえ、唯力さん」

菅森親分は口笛を吹いた。

と――。薄の原の各所から、抜き身の長脇差を手にした男たちが顔を出した。正確な数は分からないが、二十、いや、それ以上はいるかもしれない。長脇差の反射する光などより、その上で光る双眸《そうぼう》のほうが余程鋭い。

「死んでもらおうかね、唯力さんよ。邪魔な虫は叩くに限る」

やはり罠《わな》だった。

『浅草の薄の原で』などという時点であからさまに怪しかった。もしや、信介すらも奴らの手の者かと疑ったくらいだった。だが、唯一の救いは、その信介が真っ蒼《まさお》な顔をして肩を震わせていることだろうか。事情を知らず、幼馴染の身を案じた挙句の行ないだったのだろう。それに、菅森親分の横に立ち尽くす鉄も口元をわななかせ、辺りをきょろきょろと見渡している。信介はなんだかんだで鉄と悪縁を結んでしまったが、あの男の粗忽《そこつ》さはそれゆえに知り尽くしている。

現れた菅森親分の部下たちは抜き身を放ったまま、辺りを囲んでいる。しかし、近づこうとはしてこない。にやにやといやらしく口角を上げて遠巻きにしているばかりだった。

すると、親分は長脇差をゆっくりと引き抜いた。

「さて、たまには俺が出るとするかね。てめえら、ちょっと調子乗りすぎだからなあ」

親分は刀を顔近くで構える。青白く光る刀身が露《あら》わになり、醜悪な笑みを鏡のごとくに映す。

「お、親分」鉄が蒼い顔をしながらも声を上げる。「お願いだ、あいつだけは……！　信介だけは殺さねえでくれ」

「ああ、殺さねえよ。もっとも、間違って斬っちまっても文句言わねえでくれよな」

「え……⁉」

鉄の顔から血の気が引いた。

刀を翻し、黒羽織を揺らしながらやってくる赤い長着《ながぎ》の男は、煙草の脂《やに》で汚れた歯茎を見せながら笑う。まるで獣が牙を剝《む》くような笑い方だった。

「時雨の菅森ってェ二つ名は、時雨みてえに血を降らせるとこからついたあだ名だ。たまには血を降らせねえと二つ名に悪いからなあ。――斬られてくんな」

構えなどあったものではない。肩に青く光る刀を担いだまま、一歩一歩、踏み締めるように近付いてくる。殺気などはまるで見受けられない。それどころか、どこか千鳥足ですらある。

が、菅森親分の姿が消えた。

背中に冷たいものを感じた新右衛門は身を仰《の》け反《ぞ》らせた。と、そこを青い刃《やいば》が音もなく通り抜けた。気づけば敵は間合いを詰め、その刀を振り下ろしていた。

「外したかい」

新右衛門は慌てて距離を置く。すんでのところで斬られていたという事実に気づき、慄《りつ》然《ぜん》とする。

武術の中には、〝縮地《しゆくち》〟と呼ばれる運足法《うんそく》がある。足の運び方に工夫を凝らすことで、遠間《とおま》にあると思わせながら一瞬で間合いを詰める技術だ。それと似たようなものか、と当たりをつける。少なくとも、敵がそういう技量を持っている、ということを知れただけで儲けものだ。

「やるねえ。だが、次は外さんぜ」

また菅森親分の姿が消えた。

敵は強い。それに、一度負けた相手だ。

だが――。新右衛門の心中はたぎっていた。怒りと言い換えてもいい。真面目に生きている信介を踏みつけにし、町方の人たちに迷惑をかけ、ただ自分の野望のためだけに生きている、菅森親分という男に対して。

新右衛門は吼《ほ》えた。闇の中に、わずかながら影を捉えた。

金属同士がかち合う音とともに浮かんだ火花が、菅森親分の驚愕《きょうがく》の顔を一瞬だけ浮かび上がらせた。止まる青い刀身。その刃筋を止めるのは、五寸程度の鼻捻だ。

鼻捻を起点に間合いに滑り込むや、みぞおちに当身《あてみ》をかます。動きを止め、右腕を鼻捻で突いて刀を取り上げると、足を絡めてそのまま地面に倒した。

どしゃ、という音が辺りに響く。

倒された衝撃で気絶してしまったのだろう、親分は既に沈黙している。

新右衛門は叫んだ。

「お前たちの親分は倒したぞ！　まだやる気か」

計算があった。この親分が倒れれば、他の連中は烏合《うごう》の衆に過ぎまい。これで敵は算を乱して逃げ出すはず――。

だが、そうはならなかった。

残された敵どもは、逃げ出すどころか、いきり立ち、刀を一斉に構え出したのだった。

「まずいですねえ」上目遣いに場を見渡す唯力は顎をさする。「案外、親分に忠実みたいですよ……？」

一対一ならば負ける気はしない。だが、さすがに多勢に無勢だ。数を恃《たの》みに打ちかかって来られたら事だ。

万事休すか……？

じりじりと迫り、包囲を狭めてくる敵を睨んでいると――。

薄の原に、突如としていくつもの提灯が浮かんだ。その提灯は菅森一家の陣よりも大きく展開し、右翼、左翼、そして中央の三方を囲んでいる。

その提灯を持っているのは、着物の裾をからげて襷《たすき》を打つ屈強な男たち。余った手には抜き身の刀や棒などの得物《えもの》を握っている。中央の陣の前には、にたりと勝ち誇った顔を浮かべる四平と近藤の姿があった。

「遅いですよ、四平さん」

「しょうがねえだろ、吉原に話を通すのに時間がかかったんだよ。それに、〝掃除屋〟の連中が石頭でよ」

四平の頭を鞘付きの刀で小突いたのは、吉原の掃除屋、峠の之八であった。びくりと身を仰け反らせる四平をねめつけながら、之八は鞘尻をぐりぐりと押し付ける。

「調子に乗るなよ。手足縛って鉄漿溝《おはぐろどぶ》に浮かべてやっても一向に構わねえんだぞ」

「ああ、うう」

四平が黙りこくると、之八は唯力に向いた。

「あんたの文《ふみ》、読んだぞ」

「ありがとうございます。お越しいただいて」

「まったくだ。本当なら、俺たち掃除屋は吉原から出ることはないんだがな。――ま、吉兵衛さんの頼みってこともあるし、吉原を食い物にしようってェ太《ふて》ェ野郎どもは、揉《も》んでやんなくちゃならねえからな」

濁った目を之八が向けた瞬間、菅森一家の連中は一歩後ずさった。

新右衛門はまったく事情が呑み込めていない。うんうんと何度も頷く唯力の脇を突《つつ》くと、唯力は満面に笑みを湛《たた》えた。

「私がなんの策もなしにここに来るとでも？　ほら、先ほど四平さんたちに書付《かきつけ》を渡したでしょう。あれは証文じゃなくって、お願い文だったんです。吉原の〝掃除屋〟さんたちに事情を話して、ここに連れてきてほしいって。居鴉親分も菅森一家が吉原に手を出そうとしているって話していたでしょ？　その旨《むね》を書いたんです」

そうだったのか。

「でも、なんでそんなまどろっこしいことを？　文なんか書かずに口で説明すれば」

唯力はその場にかがみこんで頭を抱えている信介を一瞥《いちべつ》した。

「あの段階では信介さんが敵か味方か分かりませんでした。なので文にしたんです。――どうやら無意味な気遣いであったようですがね」

唯力がそう言い終わるが早いか、腰の木刀を抜き払った近藤が敵に突っ込んでいった。獣のような咆哮《ほうこう》を上げ八相《はっそう》に構える様は古《いにしえ》の武者さながらだ。既に包囲されている敵の多くは戦意を失っているが白刃《はくじん》を翻して近藤に向かっていく姿もある。だが、近藤は子供を相手にするがごとくに小手をしたたかに叩き、胴を抜き、みぞおちに突きを放った。

敵の戦意が落ちたところで、四平が声を上げた。

「右翼左翼、共に前進だ」

「ふん、なぜこやつの命令を聞かねばならねえ……。唯力の願いとあればしょうがねえが……。動いてやんな」

之八が命じて初めて〝掃除屋〟たちも動き始めた。敵どもはしばらくおろおろとしていたものの、唯一囲われていない一面を目指して逃げ出す者も現れ始めた。

見事な策だ。

三方向を囲むことで優位を確立する。その中、近藤が一人で突出して戦意の高い者たちを先に潰して敵の戦力を奪う。その上で〝掃除屋〟を前進させることによって士気をくじく。極端に士気の低い者にはあえて逃げ道を用意するというおまけつきだ。

息を呑んでいると、いつの間にか新右衛門たちの許へと前進してきていた中央の隊を率いる四平が、鼻高々に笑みを浮かべて新右衛門の肩を叩いた。

「これでも俺は〝飛車の四平〟なもんでね。軍略の一つや二つちょちょいのちょいってもんだ」

はて、将棋の技術が軍略にそのまま使えるものかと思わないこともなかったが、この通り結果が出ているのだから何も言えない。

「お見事です、四平さん」

唯力が薄く微笑みかけると四平は力こぶを作って叩いた。

「おう、楽勝だぜ」

もはや目前の〝戦《いくさ》〟の趨勢《すうせい》は定まりつつある。

臆病者たちは既にこの戦場から離れ始めている。残っているのはわずかばかりの勇にしがみついている者たちばかりだが、そんな連中も鬼神のごとくに働いている近藤や、〝掃除屋〟の手にかかって一人、また一人と倒されている。さっきまで士気高く新右衛門たちを取り囲んでいた男たちも逃げまどい、暴れ、一網打尽《いちもうだじん》にされてゆく。

終わったか――。心中でため息をついていると――。

「まだだ……。てめえら、動くんじゃねえぞ」

どすの利いた声が辺りに響き渡る。

見れば、信介が棒立ちになって悲鳴を上げている。涙を流し、ひくひくと口元を震わせながら首元に突き付けられている小刀を見据えている。そんな信介の後ろには、ふらつく足取りでこちらを睨む菅森親分の姿があった。

しまった！　倒したくらいでは駄目だった！

だが、後悔は先に立たない。

「さもないと、この町人を殺す」

血走った目で新右衛門たちを睨みつける。だが、驚くほどにその顔は穏やかだった。それゆえに底知れぬ恐怖がある。

「さあ、どきな。でねえと」

菅森親分は小刀の先をさらに信介に近付けた。刃の上に、わずかに赤が滲《にじ》む。

人質を取っていることなどよりも、目の前の男の剣幕が恐ろしかった。思わず新右衛門たちも後ずさるしかなかった。

「それでいいんだ」

と、その時であった。大石のもとで立ち尽くしていた鉄が、足を引きながら菅森親分に突進した。

「血迷ったかよ、鉄」

菅森親分の怒鳴り声にも、鉄はたじろがない。

「親分、すみません。でも、そいつに手を出されたら、俺だって黙っちゃいられねえ」

「ちっ。じゃあ死ねよ」

菅森親分は信介に突き付けていた小刀を手元に引き戻し、刀を翻すと鉄に向かって振り下ろした。

いけない！　思わず新右衛門も駆け出した。だが、間に合わない。

絶体絶命。体が勝手に動いた。

常日頃から練習している馬律流の手裏剣術の型が、無意識のうちに飛び出した。手に握っていた鼻捻が手から離れて矢のように飛び、菅森親分の右手をしたたかに打った。

小刀が菅森親分の手から離れる。

菅森親分の後ろにあった薄を割って一つの影が現れた。その影は信介を羽交《はが》い締《じ》めにしていた菅森親分の腕を手刀で打ち払うと、人質の信介を抱き上げてそのまま離れた。新右衛門に目配せをしてきたその影は――又三であった。

唯力が四平に託した書付にでも託けをして又三にこの事態を知らせ、不測の事態があった時のために又三は自らを伏兵に仕立てていたのだ。又三なら、これくらいの気働きができても不思議ではない。

だが、そんなことはどうでもいい。

新右衛門は目を血走らせる菅森親分を見据え、まっすぐに駆ける。元より、自分の詰めの甘さがもたらした事態だ。これぱっかりは己で落とし前をつけたい。

菅森親分が無造作に繰り出してきた右の拳を躱《かわ》し手首を取った。余った手で右肩を押さえ込んで足を絡め、息をついて押した。地面に思い切り叩きつけられた格好になった親分は蛙《かえる》が潰れたような声を上げて地面に崩れ落ちた。今度こそ、立ち上がりそうな気配はない。白目を剝いてその場に昏倒している。

全身に汗の感触を感じながら、新右衛門は立ち上がった。すると、近藤が意外そうに顔をしかめて駆け寄ってきた。

「又三殿も相当の強さであったが、そなたも強いではないか。いつもの手合わせでは三味線を弾いておるな」

「いや、拙者も何が何だか」

新右衛門は足元に転がる鼻捻を取り上げた。

今、己を突き動かしていたのはある種の衝動だった。これまで、行動はいつも〝考える〟という段階を踏んで行なわれるものだった。手の動かし方や身の翻し方を思い浮かべながらなぞるように動いていた。しかし、今は違う。絶対に譲れないという思いが〝考える〟という作業をすっ飛ばしてそのまま動きに直結した。そんな感触だった。

もしかすると、母上が言っていた〝覇気〟とはこういうことかもしれない——。そんなことを思いながら、新右衛門は拾い上げた鼻捻をまじまじと眺めていた。

新右衛門は信介たちの許へと走った。又三が腰に手をやって立っている横で、信介は膝をついてへたりこんでいる。まるで魂が抜けているかのようだった。そしてその前で、信介の肩を抱くようにしている鉄の姿も目に入った。

「すまなかった、本当にすまなかった」鉄は悲痛な声を上げた。「俺のせいで、おめえに迷惑かけちまった……」

「い、いいんだよ。幼馴染じゃねえかよ」

「信介、おめえ……」

鉄はほろほろと涙を落とした。

そんな二人の前に、峠の之八が現れた。鞘のままの刀を背負うようにして持ち、汚物でも見るような目で鉄の顔を訝《いぶか》しげに見据えると、低い声で声をかけた。

「そこの虎の刺繍の男。お前も、菅森一家の者だな」

鉄の顔が凍っている。

「吉原に喧嘩を売るとは、おめえも勇気があるな。鉄漿溝に浮かべてやるよ」

空いた手の関節をごきりと鳴らし、之八は顎を震わせる鉄に歩を進める。

新右衛門は助けを求めるように唯力を見やった。その意味を察したのだろうが、唯力は首を大きく振って静観の構えを取った。周りの誰もが唯力と似たような態度を取る。

新右衛門は居ても立ってもいられなかった。思わず之八の肩を取った。

首元に絡まってくるかのような悪意が、喉《のど》まで出かかっている言葉の出口を塞ぐ。息苦しいほどの殺気が迫る中、それでも何とか新右衛門は言葉をひり出した。

「助けてやってください。この鉄という人は、そこまで悪い人じゃないですから」

「悪い人？　何を言っている。この男が悪人かどうかなんて俺には関わり合いのない話。吉原に害を成《な》すかどうか、それだけだ」

つくづく口八丁に弱い己に嫌気が差す。それでも何か言おうとしたその時だった。さっきまで存在感をすっかり消していた唯力が、之八の肩を叩いた。にっこりと微笑み、相手の毒気を抜きにかかった唯力は明るい声を発した。

「いえ、この人は菅森一家の人じゃありません。気のせいです」

「そんな嘘がまかり通ると」

「その気になれば、吉原の名主衆にも話は通せますけど。吉原の〝掃除屋〟といえども、主に逆らいはしないでしょう?」

この一言が効いたらしい。之八はこれ以上なく怪訝な表情を浮かべた。

「そうまでして守りたい男なのか、こいつは。名主衆は、ただで言うことを聞くようなお人好《よ》しではあるまい」

「ええ。もちろんです。でも、そうでもしないとまずいようなので」

怪訝な表情を浮かべた之八はこれ見よがしに舌を打つと、仲間をまとめて吉原へと引き上げていった。掃除屋たちが姿を消すと、薄の原は虫の音がかすかに響く、元の静謐《せいひつ》を取り戻した。しばらく唯力は顎に手をやりながら唸っていたものの、やがて、鉄を見据えて静かな声を発した。

「鉄さん、でしたね。これから、あなたはどうするんですか」

「俺……か。江戸から離れるしか、ねえか。今日は見逃してもらったけどよ、もしかしたら、明日また引っ立てられちまうかもしれねえし」

「でも、それじゃあ元の木阿弥《もくあみ》でしょう? 江戸ですら仕事にあぶれるとなれば、野垂れ死にするか、また博徒の道に入るかしかないでしょう」

「だな。糞野郎にはお似合いの道さ」

「江戸という町は、とんでもなく冷たいですよねえ。仕事に失敗したら即座に野垂れ死にだ、お前の代わりなんざいくらでもいるんだ、って町ですから」

新右衛門ははっとした。

またもや、自分の知らない江戸を突き付けられたような気がしたからだ。

禄《ろく》を食《は》んでいる武士にとって江戸の町はぬるま湯も同然だ。だが、一皮剝けば、人々を食らいながら息づいている江戸の町の本性が覗く。町人たちの目にこの町がどう映ってい るのか新右衛門には分からない。だが、もしかしたら——。鉄や信介の目に映る江戸の町はこの世の地獄そのものなのかもしれなかった。

「鉄さん。あなたは、私たちを売ろうとしましたよね。信介さんに助けを求めることで、私たちをこんなところに呼び出したんですから。なぜそんなことを？」

「あんたらを売れば、これまでの失態が帳消しになるって思ったんだ」

「でも、そんなあなたでも、信介さんのことは見捨てることができなかった」

「ああ。たった一人の、幼馴染だからな」

ふむ……。唯力はにかりと笑った。

「じゃあ、それでいいんじゃないでしょうか。私はそれで、許しますよ。知らぬこととはいえ、私はあなたの〝商い〟を邪魔してしまいました。邪魔に思われても仕方がありませ ん。まあ、それで殺されてしまってはさすがにお恨み申し上げるしかありませんが、幸い私はこうして生きています。ならば、誰を恨むこともありはしませんよ」

　唯力の目が鈍く光る。新右衛門の背中に冷たいものが忍び込んだ。

「さて、というわけで、あなたはどうしたいのですか。野垂れ死にしたいですか。それとも、生きたいですか」

「……生きたいに決まってるだろう」

　鉄の横に座っていた信介が地面に頭をこすりつけた。

「お願いします、こいつを助けてやってください。道を一回誤っただけなんです。それだけなのに、こんなことになっちまったんです。なんとしても、助けてやってください！」

「もちろんです」

　一陣の風が吹き抜けていった。唯力の黒い着流しの裾を揺らして去ってゆく。袖を翻しながら立つ唯力の背後には、どす黒く、重い何かが立っているような気がしてならなかった。

　しばらくして、唯力は薄く微笑んだ。

「ただし、鉄さん。これまで博徒をやっていたあなたには、少々辛《つら》い成り行きになると思いますよ。堅気の世界は、いつだって厳しいですから」

「もちろんだ。なんだってする」

「結構です。では、お手伝いさせていただきましょう」

二月《ふたつき》ほどの後、唯力たちは新宿《しんじゆく》にいた。

噂には聞いていたが、かなりの盛り場だ。それもそのはず、ここは甲州《こうしゆう》街道、青梅《おうめ》街道の追分《おいわけ》があり、人の行き交いの激しいところだ。道行く客、そして江戸に住む人々を見込み、一大歓楽街のような様相を呈している。ぎりぎりで江戸墨引《すみびき》から外れているため、ここまでは町奉行所の連中も追ってはこない。

そんな町の一角に、小さな料理屋が建っていた。

暖簾《のれん》をくぐって中に入ると、愛想のよい老人の笑顔が出迎えてくれた。

「いらっしゃい……！　ってなんだ、唯力かよ。馬鹿丁寧に挨拶して損しちまった」

「いや、そこはお客として出迎えてくださいよ、まったくもう」

店主と軽口を交わしていると、奥から一人の男が現れた。足を引き、こちらにやってきた男は、唯力と新右衛門の顔を交互に見ると、思い切り顔を緩めた。

「あ、旦那方」

頭を下げたのは、ねじり鉢巻き姿の鉄であった。もう虎の刺繍の着流しなどは纏《まと》っていない。清潔な着流しに前垂れをしている様は、博徒であったとは微塵《みじん》も感じさせない。

「やっておいでですね」

「へえ、旦那方のおかげで、なんとか……。今はこうしてやっておりまさ」

おい、何をくっ喋《ちゃべ》ってやがる！　そうどやされた鉄は肩をすくめ、注文を聞いてきた。

新右衛門が酒だけを頼むと、へい、と威勢よく答え、鉄はまた奥に消えた。

手で衝立《ついたて》を作りながら、唯力は、「ここだけの話、どうです、鉄さんは」と水を向けた。

すると店主は皺だらけの顔を緩めた。

「なに、まだまだ右も左も分からねえひよっこでなあ。包丁の握り方ひとつ分からねえでやんの。でもよお、死んだ倅《せがれ》が帰ってきたみたいだよ」

この店主にも辛い過去があるようだが、人の命は鴻毛《こうもう》のごとくに軽い。だからといって死に慣れることはできない。もしかすると、唯力は店主の心の隙間を知って、あえて鉄をここに紹介したのかもしれない。

やがて、鉄が奥から銚子《ちょうし》と猪口《ちょこ》を運んできた。

それを受け取った唯力と新右衛門は互いに酒を注いで、猪口に口をつけた。

思えば酒を呑むのも二か月ぶりだ。体の芯が温まる。

酒精の香りに身を任せていると、鉄が話しかけてきた。

「旦那方、今日はどうしてここに？」

「ええ。今日はちょっといいことがありましてね」

　新右衛門が答えた。

「ええ。実は、信介さんのお店の売り上げが持ち直したんですよ」

　菅森一家の大暴れのせいで、両国西河岸辺りの町は随分と疲弊《ひへい》していた。逃げ出してしまった長屋の店子《たなこ》や、裏店の小商人たちをどう引き戻すのかという問題もあった。そうしないと、信介のような米屋が立ち行かなくなってしまうからだ。だが、菅森一家が人知れず瓦解《がかい》した、という知らせはただそれだけで人々を引き戻すだけの誘因となったらしい。

　いずれにしても、菅森一家の壊滅から二月、ようやく両国西河岸は元の活況を取り戻した。

　今日はその打ち上げだ。

「そう、ですかい」

　目に光るものを見せた鉄はちょこんと頭を下げ、左足を引きずるようにして奥へと消えていった。

　二人きりになったところで、唯力は頭を下げた。

「ご苦労様でした、新右衛門さん。――どうですか。私のやっていること、案外楽しいでしょう」

「ええ。楽しいです」

何もせずにいた頃よりも、はるかに楽しい。

けれど、今は少し違う思いにも襲われている。

「正直、怖くもあります。商いっていうのは、その人の人生を支えるものだ、っていう当たり前のことに気づいたんです。だからこそ、経営指南っていうのは難しいなあって、そう今は思っています」

「うん、あなたがそう思っているなら、きっと間違うことはありませんよ」

唯力はにこりと微笑みかけてきた。その笑顔から目をそらしながら、新右衛門は酒を呷《あお》る。ほろ苦く、その奥に甘みが立ち上ってくる酒の味は、静かに酔いを運んでくる。

やがて、鉄が皿を運んできた。頼んでませんけど？　そう言うと、つけ台の向こうにいる店主が、

「仲間に何も奢《おご》らないほど吝嗇《けち》じゃねえや」

とつまらなそうに口にした。

皿の上には焼かれた沙魚《はぜ》が五匹載っていた。内陸の新宿では珍しい。

沙魚を頭からかじりながら、新右衛門はふと思う。

きっとこれまで、なんの責任も負わずに生きていたのだろう。でも、今は違う。ちょっとは責任と向き合いながら生きている――。

ひどくおっかないことだ。それでも、生きている。屋敷の奥でやることなく腐り続けていた昔とは違う。

そんな確信だけで前に進める。そんな気がした。

新右衛門は酒を注ぎ足し、一気に呷った。

ふと、あることを思い出した。猪口の縁を舐《な》めている唯力に、新右衛門は疑問をぶつけた。奥で漬物石を外して樽の中身をかき回している鉄に聞こえないように。

「どうしてあの時、鉄さんを助けてくれたんですか。之八さんのやることを黙認していたのに」

さあ、どうしてでしょうねえ。節をつけてそう口にした唯力は、幸せそうにため息をついてから、こう付け加えた。

「あなたが眩《まぶ》しいんでしょう」

予想外の答えに何も言えずにいると、己の猪口に酒を満たしながら唯力は続けた。

「私はずっと損得勘定に生きてきてしまった人間なんですよ。なので、私の言うことには血が通ってない。よくお客さんにも言われます。我ながら嫌になりますが、それでも変えることはできない。私はとんだ薄情者なんですよ。でもね、商いっていうのは、最後は心でするものなんです。だから私は、言葉に心が通っているあなたに惹《ひ》かれているんです」

唯力は猪口をまた呷り、そしてまた酒を満たすと、今度は新右衛門の猪口にも注いだ。

「これからも、よろしくお願いしますね。新右衛門さん」

唯力のまっすぐな視線が新右衛門を捉える。少し気恥ずかしくなった新右衛門はそっぽを向いて話の舳先《へさき》を変えた。

「そういえば、吉兵衛さんはどうしたんでしょうね」

唯力は心底嫌そうな顔をして、悪しざまな言を放った。

「あのお人は昔から約束を守りやしないんですよ。気にしない方がいいですよ、あんなのは」

唯力の育ての親である吉原町名主の扇屋吉兵衛もやってくると聞いていた。現地で集合という手はずだったのに、未だにやってくる様子がない。

吉兵衛の話になると、唯力は少し子供っぽくなる。眉をひそめながらしばらく猪口を乾かしていた唯力だったが、しばらくすると肩を震わせ、「ちょいと厠《かわや》に」とすっかり暗くなっている表に飛び出していった。

しばらく一人で猪口を指で弄んでいると、縄暖簾をかき分ける気配があった。思わず振り返ると、そこには待ち人の困惑げな姿があった。

「それにつけても下卑《げび》た飲み屋だねェ」

店主のあからさまに迷惑そうな視線をものともせずに新右衛門の横の椅子を引き寄せて座ったのは、吉原の町名主、扇屋吉兵衛であった。手をこすりながら銚子一つつけた吉兵衛は、新右衛門の前に置かれていた銚子を手に取って、そのまま口につけた。

「悪いね、遅れちまった。唯力はどうしたぃ」

「厠だそうです」

あまりにやってくる時機がよすぎる気がした。まるで、唯力が席を立ったのを見計らったかのようだ。考え過ぎだろうか。

疑念に駆られていると、吉兵衛は鉄が忙しげに働く様子を眺めながら、ぽつりと口を開いた。

「あの菅森一家の残党、しっかり働いてるねえ。どうやら、放っておいても害はなさそうだな」

吉原の町名主がわざわざ内藤《ないとう》新宿の料理屋に足を運んだ理由が分かった気がした。吉原にまで手を伸ばそうとしていた菅森一家の残党の様子を見に来たのだろう。だが、わざわざ町名主自らやることでもないだろう、という疑問も湧く。

新右衛門の横で吉兵衛は銚子を傾けて、目だけを新右衛門に向けた。眉月のような目は楽しげだった。

「いや、お前さん、ずいぶん唯力に気に入られているな。あいつは人になつかないはずなんだがなあ。子供の時分からそうだった」

「唯力さんの子供時代を知っているんですか」

「いや、なーんにも知らねえ。ある日、身寄りがないってんでまだこれくらいの餓鬼だったあいつが、俺のところに奉公に来たんだ」

吉兵衛は余った手で大人の腰くらいの高さを示した。

「そんな糞餓鬼が、俺の才を買え、そうすりゃ十倍にして返してやるっていうんだから笑い草さ。期待はしてなかったよ。身なりも小汚ねえわ目も死んでるわで、手負いの野良犬みてえな奴だった。ま、結局大坂のなんとかって塾に送り出してやったんだ。んで、十年くらいの後、大人になったあいつがやってきて、確かに俺があいつのために用立ててやった金を十倍にして返してきやがった」

豪快な話だ。見ず知らずの子供に結構な額をくれてやったというのだ。自分のみすぼらしい暮らしが身に染みるようだ。

気になった。見ず知らずの子供に酔狂で金をくれてやるほど、吉原の町名主がお人好しなわけはない。新右衛門が怪訝に思っていたのに気づいたのか、言い訳するように吉兵衛は続けた。

「俺には子供がなくてね。本当はあいつに吉原の町名主を譲ろうと思っていたんだよ。あいつに学をつけさせる代わりに見世を任せようって算段だったんだが、逃げられちまった」

吉兵衛は銚子を口につけて呷った。だが、もう何も残っていなかったらしい。舌打ちをして卓の上に銚子を置いた。

「あいつは一匹狼だとばかり思ってた。頭はいいが、誰ともつるまねえ、とな。だが、あんたを見てると、そうでもないらしいね」

新右衛門の肩を叩いた吉兵衛は、ゆっくりと立ち上がると懐から出した一朱を卓の上に置いた。

「まあ、なかなか難儀な奴だが、あいつがあんなに生き生きしているのを見ると、俺の手元に置かなくてよかったとも思える。——まあ、よろしく頼まァ。この金、酒代の足しにしてくんな。唯力には俺が来たことは言わねえでくれ」

縄暖簾をかき分けて、吉兵衛は料理屋を後にしていった。

しばらくすると、表から唯力が戻ってきた。

「すみません、どこに厠があるんだか分からなくて——。って、なんですかこの一朱」

不思議そうな顔をして大金を指差す唯力に、新右衛門は猪口をいじりながら答えた。

「ああ、たまたま居合わせたお客さんが置いていったんです」

吉兵衛の名前が喉から出かかったものの、唯力には来たことを伝えるな、という言葉がふと蘇り、新右衛門は口の端でごまかした。

「剛毅な御大尽《おだいじん》もあったもんですね……？」

怪訝な顔をしながらも、唯力はまた席に座った。

ちょうどその時、吉兵衛が頼んでいた銚子が運ばれてきた。

「おやおや、おあつらえ向きに」

銚子を取った唯力は新右衛門の猪口に酒を注ぎ入れた。自らにも手酌で酒を注ぎ入れると、唯力は満足そうに猪口を傾けた。

思えば――、唯力の過去なんて知らないけれど、今、こうして唯力と楽しく過ごしている。そして、唯力のおかげで明日も楽しく生きていけそうだ。それでいいじゃないか――。

ようやく気づいた。吉兵衛は、新右衛門と話したかったのだと。自分の手をすり抜けていった唯力とこうしてやり合うことのできている己が何者なのか知りたかったのだろう、と。

少し、愉快な気持ちにもなった。

「どうしましたか」

唯力が不思議そうにこちらを見据えている。
慌てて酒を呷ると、酒精が心地よく鼻腔から抜けていった。

自作解説

谷津矢車

著者です。

うーん、落ち着かない。なにせ、自作解説を書くの、初めての経験なのであります。

とはいえ、本作『刀と算盤』は変わった経緯で本になっていること、たぶんわたしにしか説明できない話がある（すべてを知っているのはわたしだけな）ので、今回は著者自身の手で、本作のあれこれについて話していきたいと思います。もしかしたら記憶違いがあるかもしれませんが、その点はご容赦ください。

そもそも、本作『刀と算盤』には前作があります。

『ふりだし　馬《ば》律《りつ》流《りゅう》青《せい》春《しゅん》雙六《すごろく》』（学研M文庫　現在電子のみ　以後「学研版」）です。

わたしは学研の歴史群像大賞からデビューし、しばらくは学研さんから本を出させて貰っていました。その際に出た本の一つが今でも代表作として取り上げられることも多い

『蔦屋』だったりするのですが、『ふりだし　馬律流青春雙六』もその時期の一冊です。確か、担当編集者さんに「キャリアの早いうちに文庫の仕事のやり方を覚えた方がいい」とアドバイスされて始めた文庫オリジナル作品でした。

今となっては手に入れづらい作品なのでざっくり説明すると、行き場のない青年がひょんなことから馬律流を名乗る組討術兼経営指南所に縁を持ち、そこの女師範と恋をする……というラブコメ全開なお話でした。あの頃のわたしは、若い人に届けたい、そんな思いが凄く強かった記憶があります。

わたしにとって学研版はキャリアを積む過程においての仕事の一つだったのですが、その風向きが変わったのは、確か2016年頃。光文社の編集者さんからの提案がその始まりでした。

「谷津さんの『馬律流』、面白かったのであの設定を生かして新規に書いてくれませんか」

同じ設定（「組討術兼経営指南所」）を生かして欲しい、とのオーダーのもと、学研版の前世代の話と位置づけ、「小説宝石」に寄せた連作短編をまとめたのが本作に当たります。

と、こんな幸せな経緯があった上、ある有名作家さんに「読んでますよ」とお声をかけていただいたり、「こういうライトな感じも好き」と読者さんの反応をいただくことの多かった、非常に幸せな一冊でした。ああ、本ってこういう風にも広がるのだな、という気づきを得た一冊でした。

なにやら業界いい話みたいなノリになってまいりましたが——。

本を出す際、作家が願うこと。それは、「多くの方の手に取っていただけること」であり、「楽しんでいただけること」です。

本作が愛される作品になりますように。今はそう願いつつ、学研版、本作にご助力くださった皆様に深々と首を垂れる次第であります。


あー、そうそう。馬律流のその後についても設定があります。某所で話しているので問題ないでしょうが——。本作の主人公、新右衛門の子孫は幕末から明治にかけてロンドンに渡って馬律流を教え、後にミステリー小説を書くことになる若者を弟子に取ることになるのですが……。まあ、これは裏話みたいなものです。

二〇一八年十月　光文社刊

光文社文庫

長編時代小説
刀《かたな》と算《そろ》盤《ばん》 馬《ば》律《りつ》流《りゅう》青《せい》春《しゅん》雙《すご》六《ろく》
著 者 谷《や》 津《つ》 矢《や》 車《ぐるま》

2022年4月20日 初版1刷発行

発行者 鈴 木 広 和
印 刷 新 藤 慶 昌 堂
製 本 ナショナル製本

発行所 株式会社 光 文 社
〒112-8011 東京都文京区音羽1-16-6
電話 (03)5395-8149 編 集 部
8116 書籍販売部
8125 業 務 部

ISBN978-4-334-79349-4 Printed in Japan

組版 萩原印刷

光文社時代小説文庫　好評既刊

百万石遺聞　藤井邦夫
忠臣蔵秘説　藤井邦夫
御刀番左京之介　妖刀始末　藤井邦夫
来国俊　藤井邦夫
数珠丸恒次　藤井邦夫
虎徹入道　藤井邦夫
五郎正宗　藤井邦夫
備前長船　藤井邦夫
九字兼定　藤井邦夫
関の孫六　藤井邦夫
井上真改　藤井邦夫
小夜左文字　藤井邦夫
無銘刀　藤井邦夫
正雪の埋蔵金　藤井邦夫
出入物吟味人　藤井邦夫
阿修羅の微笑　藤井邦夫
将軍家の血筋　藤井邦夫

陽炎の符牒　藤井邦夫
忍び狂乱　藤井邦夫
赤い珊瑚玉　藤井邦夫
神隠しの少女　藤井邦夫
冥府からの刺客　藤井邦夫
無惨なり　藤井邦夫
白浪五人女　藤井邦夫
無駄死に　藤井邦夫
白い霧　藤原緋沙子
桜雨　藤原緋沙子
密命　藤原緋沙子
すみだ川　藤原緋沙子
つばめ飛ぶ　藤原緋沙子
雁の宿　藤原緋沙子
花の闇　藤原緋沙子
螢籠　藤原緋沙子
宵しぐれ　藤原緋沙子